Libro 3. Historias olvidadas de tiempos pasados

Serie «Los cuentos de la reina del rostro dorado y los artefactos de la antigua diosa»

Elena Kryuchkova, Olga Kryuchkova

Traducido por Mariano Bas

Esta historia es una ficción y cualquier similitud con personas reales es una coincidencia.

En esta historia hay nombres de personas reales que vivieron en el pasado. Pero la descripción de sus vidas en esta historia es ficticia.

Los personajes de la mitología también se han cambiado; sus caracteres, relaciones y vínculos familiares son ficción. La historia es completamente ficticia.

Libro 3. Historias olvidadas de tiempos pasados
Prólogo 3. El lapislázuli perdido

Año diecinueve del reinado del emperador Go-Yozei (El año diecinueve de su reinado se corresponde con el año 1605).

Llegó el día en que Sumire y su compañía iban a actuar delante del aristócrata.

El propio aristócrata les había invitado a realizar la actuación en su casa de campo, porque allí había más espacio.

Los actores llegaron a la hora señalada. Interpretaron con éxito la obra de la princesa caprichosa, el guerrero y el dragón escrita por la propia Sumire. Al aristócrata le agradó sobremanera y recompensó generosamente a la compañía. A la actuación le siguió una fiesta (el dueño de la casa celebraba su promoción), que empezó en mitad de la hora del perro y prometía durar toda la noche.

El aristócrata ofreció amablemente a los actores quedarse a la fiesta y luego dormir en las habitaciones de invitados y estos aceptaron encantados su ofrecimiento.

Pero Sumire abandonó la ruidosa reunión después de un rato. Quería tomar el aire y se dio un pequeño paseo en torno a la casa. Después de todo, había cerca muchas más residencias de campo de otros representantes de la nobleza de la capital y había guardias que custodiaban todas las casas. Por tanto, la zona era muy segura.

… Cerca de la casa donde la compañía había actuado, había un pequeño río con un puente de madera que lo atravesaba, junto al que crecía un maravilloso ciruelo. Estaba claro que el árbol ya era muy viejo y que más de una generación de vecinos había admirado sus bellas flores.

Con respecto al puente, últimamente habían circulado vagos rumores: algunas veces se había visto a un demonio *oni* sobre él. Por eso los vecinos temían ir allí, prefiriendo usar otro puente, un poco más arriba en la corriente.

Pero Sumire, por supuesto, no sabía nada de eso. Fue al puente y desde él empezó a observar el tranquilo fluir de las aguas del río y a admirar el ciruelo. La mujer llevaba allí un buen rato cuando, de repente, de la nada apareció una densa niebla.

Por un momento, la mujer se quedó paralizada, pues esa niebla le resultaba extraña.

Un extraño sonido interrumpió sus lúgubres pensamientos. No le costó darse cuenta de que provenía del agua. Al mirar al río, la atónita Sumire vio que la corriente del calmado río se hacía de repente veloz, el agua burbujeaba y surgía de él una gran ola. De ella surgió el *oni*, un gran demonio malvado con cuernos, colmillos y piel roja.

Se creía que los *oni* vivían en Jigoku (el infierno) y eran muy fuertes. Estos demonios eran difíciles de matar y si se les arrancaban miembros del cuerpo estos se regeneraban. En combate, usaban una gran maza de hierro llamada *kanabō* y vestían taparrabos de piel de tigre.

Las caras de los *oni* podrían parecer estúpidas a primera vista, pero en realidad estos demonios resultaban ser muy listos y taimados. Amaban la carne humana y algunas leyendas decían que a estos demonios no les gustaba la soja.

También se creía que la gente que era incapaz de controlar su furia podía convertirse en un *oni*. Pero a veces había raras excepciones en las que los *oni* eran amables con la gente e incluso servían a sus protectores.

… El *oni* que salió del agua se posó sobre el puente delante de Sumire y la miró fijamente sin parpadear.

—¡Humana! —rugió—. ¡Como has pisado mi puente, no puedes abandonarlo!

—¿Por qué es este «tu puente»? —La mujer estaba indignada y hablaba con una voz inesperadamente impertinente. No era la primera vez que se encontraba con algo sobrenatural, pero extrañamente no sentía miedo—. ¿Lo has construido tú?

El *oni* quedo paralizado por el asombro por unos momentos. ¡No esperaba una reacción así de una mujer mortal!

El *oni* replicó:

—¡Sí, yo construí este puente! ¡Pues ningún mortal podía hacerlo!

—¿Por qué? Aquí el río es bastante tranquilo —replicó escépticamente Sumire, señalando la quietud de las aguas.

El *oni* gruñó con indignación, maravillado ante la «insolencia» de su interlocutora. «¡Estos mortales se han convertido en insolentes!», pensó. «¡Ya no les asusta nada! ¿O es que me estoy volviendo viejo y ya no inspiro el mismo terror?»

Y empezó a contar su historia en voz alta:

—En el pasado, hace muchos siglos, el río era aquí bravo. Y ningún simple mortal podía construir un puente como este que no fuera arrastrado por las aguas. Un día la gente recurrió a quien consideraban un carpintero muy hábil. Este llegó a este río y empezó a inspeccionar el lugar donde iba a construir el puente. Observó el flujo del río durante mucho tiempo. Y entonces yo aparecí delante de él. ¡Salí de la ola enfrente de él, igual que he hecho contigo! Y grité:

»—¡Carpintero! ¡Llevas mucho tiempo aquí mirando el agua! ¿Estás pensando en algo?

»Este replicó, pues por alguna razón tampoco a él le sorprendió mi aparición:

»—Pues sí. Prometí construir un puente y quiero hacerlo tan fuerte como sea posible. En eso estaba pensando.

»Yo le respondí:

»—¡Un humano no puede construir un puente en este lugar! Pero hay una posibilidad. —Por supuesto, el carpintero me preguntó cuál era. Y yo le respondí—: ¡Si me das tus ojos, construiré un puente que ningún mortal podría construir! ¡Y el puente permanecerá aquí durante siglos!

»El carpintero contuvo la respiración ante mi sugerencia. No respondió, así que le dije que volviera al día siguiente. Volví al río y el carpintero se fue.

»Este volvió al día siguiente. Para entonces, yo ya había construido el puente de una orilla a otra. Por supuesto, quedaban algunos detalles sin terminar, pero por la reacción del carpintero, me di cuenta de que no había visto nada así en su vida. ¡Miraba como hechizado al Puente y lo inteligente y hábilmente que se habían dispuesto las vigas y traviesas!

»Salí del río nuevamente, pero el carpintero ya se estaba yendo, así que no me vio. Al día siguiente, volvió de nuevo al puente y aparecí de inmediato ante él. Y le grité:

»—¿Has olvidado nuestro acuerdo? ¡Dame tus ojos!

»Extendí mis manos hacia él, pero el carpintero no quería darme sus ojos. Dijo:

»—Espera, *oni*, ¿no puedes esperar hasta mañana?

»Yo sonreí y dije:

»—¡Qué tramposo eres! ¡Ahora ya sabes cómo construir un puente como este! ¡Si sigues viendo, construirás puentes como este por todas partes! ¡Eso no va a pasar! ¡Dame tus ojos!

»Pero el carpintero me pidió de nuevo que esperara "hasta mañana", porque quería admirar el puente un día más.

»Entonces le respondí:

»—Bueno, entonces escúchame atentamente. No tendrás una segunda oportunidad. Puedo dejarte tus ojos, pero solo si adivinas mi nombre. ¿Quieres tratar de adivinarlo? ¡Entonces te veo mañana! —Reí y desaparecí en el río.

»Y el carpintero se fue a su casa. ¡Por el camino oyó a una mujer cantarle una nana a su bebé para dormirlo llamándolo por su nombre! ¡Y eso es lo sorprendente! Ese niño tenía el mismo nombre que yo. ¡Y el carpintero lo averiguó de alguna manera!

»Vino a mí al día siguiente y le di tres intentos para adivinar mi nombre. ¡Falló las dos primeras veces y a la tercera dijo mi nombre! ¡Me quedé muy sorprendido! ¡Tuve que volver al río!

»¡Pero desde entonces, cuando veo a alguien sobre este puente, le reclamo que adivine mi nombre! ¡Y me como a quien no lo adivine!

Así acabó su relato el *oni*. En realidad, aún no se había comido a nadie: la gente, tan pronto como lo veía, se apresuraba a huir. Sumire era la primera en mucho tiempo con la «suerte» de conversar con él.

—¿Qué pasa si adivino tu nombre? —preguntó al demonio.

—Que no te comeré —replicó él tranquilamente.

—¿Para una tarea tan difícil, ni siquiera me concederías un deseo? —dijo sorprendida la mujer.

—¿Un deseo? ¿Y qué quieres? —Ahora le tocó sorprenderse al *oni*.

Estaba de nuevo sorprendido ante la «insolencia» de la extraña. Entretanto, Sumire continuó:

—Por ejemplo, si adivino tu nombre, dejarás de aparecer en este puente y dejarás de asustar a la gente y tratar de comértela.

—Hmm… —murmuró el ser sobrenatural. Su rostro mostraba concentración en sus pensamientos.

«Bueno, que sea así», pensó para sí. «De todos modos, normalmente la gente huye cuando me ve y no puedo decir nunca nada».

Dijo en voz alta:

—Tienes tres intentos para adivinar mi nombre, mortal. Si dices mi nombre correctamente, dejaré de estar aquí. ¡Pero si te equivocas tres veces, te comeré!

Y el *oni* rio ominosamente.

Sumire tentó discretamente la bolsa de sal escondida en su cinturón: la llevaba por si acaso, para protegerse de las fuerzas del mal. Y parecía que por fin se había dado ese acaso. Si no adivinaba el nombre del demonio, le arrojaría la sal y huiría.

Entretanto, la criatura sobrenatural dijo:

—¡Así que, mortal, primer intento! ¿Cómo me llamo?

Sumire lo miró atentamente. El *oni* parecía provenir de una pintura de un artista: piel roja, cuernos, colmillos y con una piel de tigre.

«En su relato ha mencionado que el carpintero adivinó su nombre gracias a que había oído el mismo nombre para un niño. Es decir, tal vez los nombres se escriban con caracteres distintos, pero los nombres de un humano y un demonio suenen similares». De repente, la mujer tuvo un presentimiento y pensó: «¿Y si no fuera el nombre de ese niño, sino, por ejemplo, un apodo cariñoso que usaba su madre? Si es así, tengo una idea de cómo podría sonar el nombre del demonio».

—Tu nombre es Kiseki, «demonio escarlata» —dijo en voz alta.

El *oni* se quedó paralizado por un momento, después de cual un grito de frustración resonó por todo el barrio.

—¿Cómo lo has adivinado? ¡Y al primer intento! —aulló.

—Tú mismo dijiste que el carpintero adivinó tu nombre después de oír a la mujer cantar una nana al bebé para que se durmiera —replicó Sumire—. Así que pensé: ¿y si fuera un apodo cariñoso para el bebé? Por ejemplo, su madre podía haberle llamado «milagro». Se puede escribir una combinación de los caracteres «demonio» y «escarlata». Eso suena similar a la palabra «milagro», o «kiseki», pero se escribe con distintos caracteres. Y suena como el nombre «demonio escarlata» que tan apropiado te resulta.

Kiseki gruñó con desagrado, pero al final dijo:

—Cumpliré mi palabra. Has adivinado mi nombre, mortal. Por tanto, ya no molestaré más a la gente en este puente. Y solo apareceré aquí cuando no haya mortales cerca. Y trataré de no comerme a nadie.

Y con esas palabras, Kiseki desapareció en el río. Cuando las aguas se calmaron, Sumire ya había decidido que su pequeña aventura había terminado, pero no era así. pues escuchó una voz de mujer a su lado.

—Señora.

Al darse la vuelta, Sumire vio una figura femenina surgir del interior del ciruelo. Y ante ella apareció una joven de largos cabellos que vestía ropas escarlatas.

—Señora, por favor, no tengáis miedo de mí —dijo—. Soy el espíritu del ciruelo que crece junto a este puente. Mi nombre es Umeko. El *oni* Kiseki, cuyo nombre has adivinado, causó problemas, no solo a mí, sino también a los espíritus locales de las piedras y el espíritu del río. Nunca hemos querido dañar a la gente y siempre hemos tenido mucho miedo de ser testigos de derramamiento de sangre. Por eso quiero daros las gracias.

—Oh, no hay necesidad —dijo Sumire modestamente.

—No os habéis sorprendido en absoluto al encontraros con Kiseki y conmigo. —Umeko sonrió—. ¿Os habíais encontrado antes con espíritus y demonios?

—Una vez fui testigo de un acontecimiento místico —replicó Sumire.

—¡Oh, ya veo! —exclamó el espíritu del ciruelo—. Eso lo explica todo. ¡Sois una persona asombrosa! Como prenda de mi gratitud, dejadme enseñaros el espejo que conoce el pasado.

—¿El espejo que muestra el pasado? —preguntó Sumire sorprendida.

—Sí —asintió Umeko. Un pequeño espejo de bronce apareció en sus manos, pintado con un patrón de colores intrincados en los bordes—. Si miráis en él, podéis ver lo que queráis. Ya sea un acontecimiento de tiempos antiguos, la vida de una persona o un espíritu. Lo único que el espejo no muestra es el destino de los objetos.

Sumire tomó con vacilación el espejo que le ofrecían.

«¿Qué quiero ver?», pensó. «Siempre me han interesado las vidas de personas como la legendaria gobernadora Himiko».

Y tan pronto como pensó en esto, un remolino de colores giró inmediatamente a su alrededor, surgiendo a la superficie de bronce. Cuando desapareció el remolino, Sumire se dio cuenta de que estaba viendo el destino de la reina Himiko.

Sumire vio una imagen de cómo había nacido la futura gobernadora y luego vio en un destello la infancia de Himiko. Las imágenes se sucedían rápidamente, mostrando la vida de Himiko. Cómo había vivido en Yoshinogari y cómo había aprendido a usar el espejo adornado con jaspe. Sumire prestó atención al collar de jaspe con el lapislázuli redondo de Himiko que la joven gobernante había heredado de su madre.

El lapislázuli le resultaba vagamente familiar a Sumire, aunque sin duda era la primera vez que lo veía. Sumire también vio cómo Himiko había sido capaz de aprovechar el eclipse para proteger a la capital ante las tribus *kumaso* y sus aliados.

Luego las imágenes mostraban cómo la joven se encontraba con la Doncella Celestial llamada Haruka.

Después apareció ante los ojos de Sumire una escena de la infancia de Haruka. Probablemente porque la Doncella Celestial e Himiko tenían fuertes lazos de amistad.

La mùjer vio cómo la pequeña Haruka caía en el santuario subterráneo hasta el enorme lapislázuli en el que había un pequeño agujero… Y luego cómo la mujer de ojos azules la salvaba.

Sumire vio el mismo sueño que Haruka había tenido antes de conocer a Himiko.

En ese sueño, Ruri le decía a Haruka:

—Te agradezco que me despertaras de un largo sueño cuando caíste en el santuario subterráneo. No te culpes. La epidemia en tu pueblo no se ha debido a la ira de las deidades o de otros grandes poderes. Por desgracia, a veces el destino es trágico… Aun así, vivirás mucho tiempo. Cuando vueles a las montañas Sefuri, tu vida cambiará drásticamente. Allí encontrarás a alguien que cambiará tu vida. Sé su amiga fiel…

»Y una cosa más: en el futuro tendrás un hijo. Tal vez este mismo hijo se convierta en uno de tus antepasados en la nueva reencarnación terrenal de mi señora, a quien llevo buscando tanto tiempo. Pero antes de que renazca, pasarán muchos más siglos…

Sumire vio asimismo otras imágenes de las vidas de Himiko, Haruka y Ruri. Ni la gobernadora de Yamatai ni la Doncella Celestial habían estado en este mundo mucho tiempo. Habían muerto mucho tiempo antes.

Pero, al contrario que los humanos, el espíritu del lapislázuli es inmortal. Y Ruri seguía vagando en algún lugar del mundo humano.

Cuando las imágenes se detuvieron, Sumire volvió a ver girar el remolino de colores, que fue desapareciendo gradualmente en la superficie del espejo de bronce.

La mujer se quedó perpleja por unos momentos, tratando de averiguar dónde estaba. Finalmente se dio cuenta de que las visiones habían terminado y estaba de pie junto al puente, bajo el ciruelo. Umeko estaba en pie junto a ella.

—He visto cosas asombrosas —dijo Sumire mientras devolvía el espejo al espíritu del ciruelo—. Gracias por permitirme ver algo que me interesaba desde hacía mucho. Sin embargo… Sin embargo, he visto algo que no pedí ver al espejo. ¿Por qué ha pasado esto?

—A veces, el espejo muestra qué o con qué estará relacionado tu destino. Espero que hayas obtenido las respuestas a tus preguntas. —Umiko sonrió a su vez.

Se despidió educadamente de Sumire, se dirigió al ciruelo y desapareció en su tronco.

Un momento después, apareció de nuevo una densa niebla. Cuando desapareció esta, Sumire se dio cuenta de que estaba de pie en el mismo lugar. Un pájaro cantaba a lo lejos.

Decidiendo que era el momento de volver, la mujer se dirigió hacia la finca del aristócrata. La fiesta aún no había acabado, así que nadie había advertido la ausencia de Sumire.

***

Entretanto, en la ciudad de Edo, el sogún Tokugawa Hidetada recibía un mensaje de Kioto, de la misma corte imperial. El emperador Go-Yozei quería verlo para resolver algunos problemas importantes.

Hidetada empezó a prepararse inmediatamente para ir. Su esposa, Gō Azai, a pesar de que estaba esperando un hijo, decidió ir con su marido: le encantaba la capital. Además, últimamente se sentía bien. ¿Por qué no podía ir de viaje?

Al sogún no le importó, así que ambos abandonaron Edo poco después.

***

Mientras Tokugawa Hidetada y Gō Azai se dirigían de Edo a Kioto, el emperador Go-Yozei se preguntaba cómo podía entretener a los importantes invitados cuando llegaran. Por supuesto, el mikado no llamaría al sogún por diversión, sino para resolver varios asuntos importantes. Pero, aun así, quería dar una bienvenida apropiada a la llegada de los Tokugawa. La influencia de este clan era verdaderamente fuerte.

Una de las concubinas del emperador tenía una doncella que iba a menudo a la ciudad por encargo de su señora. Y había visto actuar más de una vez a la compañía de Sumire. Le gustaban tanto las obras que contaba todo a su señora.

La concubina se dio cuenta de la originalidad de la idea: las actuaciones teatrales que estaban de moda eran realmente curiosas. Así que, al ver que el emperador no se decidía por cómo sorprender al sogún, la concubina mencionó «accidentalmente» a la compañía.

Al mikado le interesó mucho la idea y decidió: ¿por qué no? Y ese mismo día, mandó un enviado a que encontrara la compañía de Sumire.

Cuando el enviado de la corte imperial se presentó delante de las actrices y los actores, todos estaban maravillados y asustados al mismo tiempo. ¡Lo primero que pensaron fue que sus actividades habían ofendido al gobernante! ¡Y el emperador los castigaría! Pero cuando resultó que el propio Go-Yozei estaba invitando a la compañía a actuar en la corte, los actores quedaron aún más maravillados.

—Por supuesto, si todo va bien, el emperador os recompensará —concluyó sus palabras el enviado—. ¡Pero recordad: no tenéis mucho tiempo para prepararos y vuestra actuación debe ser perfecta!

—¿Cómo podemos rechazar una oferta como esa? —respondió Sumire—. La aceptamos encantados. ¡No todos los actores tienen el honor de actuar en la corte imperial!

Satisfecho con esa respuesta, el enviado dijo que, como estaban de acuerdo, que decidieran ellos qué obra interpretar. Y que vinieran al día siguiente a ensayar la obra directamente en el palacio en un pabellón teatral especial. El enviado del emperador dio a los miembros de la compañía pases especiales para la corte y se fue. Después de irse, la compañía rodeó a Sumire con preocupación.

—Sumire, ¿estás segura de que es una buena idea? —preguntó preocupada Mashiro—. Siempre hemos interpretado obras de la vida cotidiana delante de ciudadanos normales. O, en el mejor de los casos, comedias delante de aristócratas de bajo rango. ¿Y si fracasamos delante del emperador?

—También es imposible rechazar simplemente la invitación del emperador. Podríamos ofender al mikado. —Sumire suspiró—. En realidad, no tenemos alternativa. Lo único que podemos hacer es elegir una obra apropiada e interpretarla en la corte imperial.

—¿Tal vez deberíamos escoger un relato acerca de algún personaje histórico? —sugirió Mashiro.

Pero Sumire se limitó a sacudir la cabeza. Por supuesto, era grande la tentación de elegir, por ejemplo, una obra sobre la reina Himiko, cuya vida había visto recientemente en el espejo mágico. Pero Sumire temía que si cometía algún error en algo, causaría enfado entre un público de alta cuna. Además, la historia que había visto acerca de Himiko era muy distinta de la aceptada generalmente.

—Creo que es mejor elegir una historia antigua neutral o una obra de arte —ofreció como sugerencia.

Los miembros de la compañía apreciaron su propuesta y empezaron a discutir qué era mejor interpretar en la corte imperial. Finalmente, se decidieron por *El cuento del cortador de bambú* (*Taketori Monogatari*), que cuenta la historia de la princesa de la Luna Kaguya, Kaguya-hime.

Esta historia cuenta cómo mucho tiempo antes había un anciano llamado Taketori no Okina («El anciano que cosecha bambú»). Este cortaba bambú y fabricaba diversas cosas con él para venderlas.

Y un buen día, Taketori se adentró en la maleza de un bosquecillo de bambúes y vio un resplandor dentro de un tallo de bambú. ¡Miró y vio a una niña pequeña sentada en el tallo!

El anciano quedó sorprendido y decidió que la niña estaba destinada a ser su hija. Se la llevó con él y la presentó a su esposa. Empezaron a criarla juntos y desde entonces Taketori empezó a encontrar bambú con monedas de oro. Así que poco a poco se fue haciendo rico.

Entretanto, la niña crecía rápidamente y después de tres meses se convirtió en una muchacha casadera. Así que la peinaron como una joven adulta, llevaron a cabo todas las ceremonias requeridas para esos casos y la vistieron con un kimono con una especie de falda larga.

El anciano Taketori siguió encontrando monedas de oro en el bambú y se convirtió en un hombre rico. Y cuando su hija adoptiva se convirtió en adulta, llamó Taketori al sacerdote y le dio un nombre: Nayotake no Kaguya-hime, «Princesa Brillante del Joven Bambú». Pero todos la llamaban solo Kaguya-hime. El feliz acontecimiento fue celebrado en el pueblo durante tres días. Y el anciano invitó a todos los habitantes del pueblo a la fiesta. ¡La gente disfrutó mucho con la celebración!

Con el tiempo, los comentarios sobre la belleza de Kaguya-hime se extendieron por todo el país. Y muchos hombres se enamoraron de Kaguya-hime por las palabras de otros. Varios pretendientes trataron de cortejarla, sin éxito. Finalmente, solo quedaron cinco nobles: el príncipe Ishitsukuri, el príncipe Kuramochi, el ministro de justicia Abe no Mimuraji, el gran consejero Ōtomo no Miyuki y el consejero medio Isonokami no Marotari.

Estos le pidieron al anciano Taketori la mano de Kaguya-hime, pero aquel replicó que, como la muchacha no era su verdadera hija, no podía obligarla a tomar esa decisión.

Aun así, Taketori dijo a su hija que, aunque era una deidad y no humana, había nacido con figura femenina. Una muchacha no podía no estar casada. Así que Kaguya-hime debía escoger un marido.

Kaguya-hime era terca, pero finalmente accedió a encargar tareas a los nobles para poner a prueba su amor.

Pidió al príncipe Ishitsukuri que le trajera el cuenco de limosnas de piedra de Buda. Dijo al príncipe Kuramochi que fuera a la isla mística de Hōrai y le trajera una rama enjoyada. Kaguya-hime pidió al ministro de justicia Abe no Mimuraji que encontrara una bata de pieles de ratas del fuego chinas que no ardiera en el fuego. El gran consejero Ōtomo no Miyuki tenía que conseguir una joya coloreada del cuello de un dragón. Y pidió al consejero medio Isonokami no Marotari encontrar una concha de cauri nacida de una golondrina, que ayudara a dar a luz fácilmente y sin dolores.

Los nobles escucharon las difíciles tareas y se entristecieron. Y empezaron a pensar en cómo podían cumplir con las que Kaguya-hime les había encargado.

El príncipe Ishitsukuri decidió no buscar el cuenco, sino que se retiró de los ojos humanos durante tres años, como si hubiera ido en su búsqueda. Después, volvió con un cuenco antiguo que había encontrado en el primer templo en el que entró, lo puso en una bolsa de brocado y lo llevó a la muchacha como regalo. Pero Kaguya-hime enseguida se dio cuenta de que el cuenco era falso. Porque advirtió que el cuenco no brillaba con una luz sagrada. Se lo devolvió al príncipe y un Ishitsukuri extremadamente molesto se retiró.

El príncipe Kuramochi también decidió no ir en busca de la isla mítica de Hōrai, así que se limitó a ordenar a unos joyeros fabricar una rama enjoyada. Estos realizaron un trabajo muy hábil. El príncipe se lo presentó a Kaguya-hime y empezó a hablar acerca de cómo había navegado supuestamente al lejano mar y encontrado la isla de Hōrai y cómo en la isla había arrancado esa rama de un árbol. Kaguya-hime estuvo a punto de creerle, pero entonces aparecieron los joyeros, reclamando que el príncipe los pagara por su trabajo.

El príncipe Kuramochi quedó avergonzado, pues su engaño se había descubierto. Además, no tenía dinero para pagar a los *joveros y abandonó la casa de Taketori. Y Kaguya-hime pidió a su padre que pagara a los joveros por su trabajo.*

Entretanto, el ministro de justicia Abe no Mimuraji quiso encontrar una bata de pieles de ratas del fuego chinas. Contactó con un familiar mercader. Este contestó que no existían esas batas en China, pero tal vez sí en la India. Y si no existían allí, el mercader le devolvería al ministro el dinero destinado a la compra de la bata a través de una persona de confianza.

Así que el mercader se fue a China. Un tiempo después, volvió y envió al ministro de justicia Abe no Mimuraji un cofre que contenía una bata de pieles de ratas del fuego chinas. Resultaba ser una maravillosa bata de color azul marino, con los dobladillos ribeteados con oro y decorada con piedras del color del arco iris.

El ministro de justicia Abe no Mimuraji quedó encantado y presentó la bata a Kaguya-hime. Esta, después de pensarlo un poco, decidió que, si esta era realmente la bata de pieles de ratas del fuego chinas, el fuego no la dañaría. El ministro no dudaba de la autenticidad de la bata y aceptó que se arrojara a las llamas. ¡Y el vestido ardió! Resultó ser falso. Así que el ministro de justicia Abe no Mimuraji también tuvo que renunciar a la bella Kaguya-hime.

Entretanto, el gran consejero Ōtomo no Miyuki fue en busca de una joya coloreada del cuello de un dragón.

Se embarcó y partió. Pero entonces apareció un fuerte viento y empezó una gran tormenta. La tripulación del barco pensó que había sido el dragón del mar el que les había enviado esa terrible tormenta y empezó a suplicar su perdón. El gran consejero también empezó a pedirle piedad. Como consecuencia, fueron arrastrados a las orillas de una isla desconocida y el gran consejero con su fiel gente acabaron desembarcando.

Fueron recibidos por el gobernador local. Y cuando se repusieron y volvieron a casa, decidió no desafiar más al destino y dejar de buscar una joya coloreada del cuello de un dragón. Pues el dragón es el señor del mar. Así que el gran consejero Ōtomo no Miyuki renunció a la bella Kaguya-hime.

El consejero medio Isonokami no Marotari tampoco perdió el tiempo. Fue al patio del palacio, donde muchas golondrinas hacían sus nidos y ordenó construir andamios a su alrededor para ver a los pájaros y encontrar una concha de cauri.

Pero las golondrinas se asustaron por los andamios y casi todas dejaron de volar a sus nidos. Entonces, un anciano sabio, Kuratsu Asamaro, aconsejó al consejero medio Isonokami no Marotari deshacerse de los andamios y en su lugar subirse a una cesta y alzarla con la ayuda de cuerdas. Y encontrar así una concha de cauri.

Eso hizo el consejero medio Isonokami no Marotari. Advirtió que una de las golondrinas levantaba su cola y empezaba a girar rápidamente sobre sí misma. ¿Y si iba a poner una concha de cauri como un huevo? El consejero medio Isonokami no Marotari ordenó a uno de sus sirvientes subir en la cesta a los nidos de golondrinas. Pero el sirviente dijo que ahí no había conchas.

El consejero medio Isonokami no Marotari se enfadó y decidió subir él mismo. Vio que una de las golondrinas también levantaba su cola y empezaba a girar. Y empezó a buscar a tientas con su mano en el nido. Encontró algo duro y plano e inmediatamente ordenó a sus sirvientes que lo bajaron en la cesta.

Pero los sirvientes tiraron de la cuerda con demasiada fuerza y esta se rompió. El consejero medio Isonokami no Marotari cayó y murió. Y el objeto plano que había encontrado no era una concha, sino una bola de viejos excrementos de pájaro.

Pero entonces los rumores acerca de la belleza de Kaguya-hime llegaron al mismo emperador. Este ordenó a una cortesana que fuera a la casa de Taketori y averiguara si Kaguya-hime era tan bella como decía la gente.

La cortesana se presentó ante el anciano Taketori, pero Kaguya-hime rechazó salir a verla, a pesar de todas las exhortaciones de su padre. La cortesana volvió al palacio imperial con las manos vacías e informó de su fracaso al emperador.

Entonces el emperador llamó a su presencia al anciano Taketori y le ordenó que trajera a su hija a la corte. A lo que el hombre replicó que su hija no quería servir en la corte y que era incapaz de superar su terquedad. Entonces el emperador le prometió que, si lo conseguía, le concedería a él un puesto en la corte.

Taketori estaba entusiasmado y volvió a intentar otra vez convencer a su hija para que fuera a la corte. Pero ella prometió huir de casa si se le obligaba a servir en el palacio. El anciano se asustó ante sus palabras e informó de todo al emperador.

Y entonces el emperador ideó un plan, en el que simularía ir a cazar, iría a la casa del anciano Taketori y tomaría a Kaguya-hime por sorpresa.

Una vez decidido, así se hizo. El emperador fue a cazar y entró en la casa de Taketori. Y allí el emperador vio a una muchacha bellísima. Se dio cuenta de que era Kaguya-hime y se acercó a ella. Kaguya-hime trató de huir, pero el emperador le agarró hábilmente por una manga. Ella trató de cubrir su cara con la otra manga del kimono, pero el emperador ya había visto su rostro y no quería separarse nunca de ella.

El emperador ordenó preparar un palanquín para Kaguya-hime para llevarla al palacio. Pero entonces se produjo un milagro: ¡la muchacha empezó a desaparecer! Y pronto solo quedó una sombra de ella. El emperador se dio cuenta de que Kaguya-hime no era de este mundo y prometió no volver a obligarla a servir en la corte. Entonces Kaguya-hime recuperó su forma original.

El emperador recompensó a Taketori por haber podido ver a su hija y se retiró. Pero los recuerdos de la bella Kaguya-hime *nunca le abandonaron. Le escribió cartas y Kaguya-hime le contestó. Así pasaron tres años.*

Un día, Kaguya-hime estaba triste y Taketori le preguntó la razón de su tristeza. La muchacha replicó que ninguna. Pero un día, en la noche de la luna llena, estalló en sollozos y confesó a sus padres adoptivos que no era una criatura del mundo terrenal. Había nacido en la capital de la Luna, pero había sido expulsada de allí para poder expiar un antiguo pecado cometido en su vida pasada. Ahora había llegado el momento de volver y pronto dejaría ese mundo: sus parientes de la capital de la Luna vendrían a por ella. Pero la muchacha estaba triste porque se había encariñado con el anciano Taketori y la anciana, como si fueran sus verdaderos padres y no podía soportar la idea de la separación.

Los ancianos se preocuparon cuando oyeron esto. El emperador también lo supo y envió soldados a la casa de Taketori para proteger a Kaguya-hime.

Así que se colocó un destacamento en torno a la casa y parte de este empezó a vigilar desde el tejado. Todos los soldados estaban armados con arcos y flechas. Kaguya-hime y la anciana se escondieron en la casa.

Pero a medianoche, toda la casa del anciano Taketori se vio repentinamente iluminada por una luz brillante. Y unas criaturas radiantes desconocidas descendieron del cielo sobre nubes. Se colocaron en fila, permaneciendo suspendidas por encima del suelo. Ante su vista, los soldados que custodiaban la casa se quedaron paralizados por el miedo. Una de las criaturas celestiales dijo al anciano Taketori:

—¡Escucha, anciano Taketori! ¡Se te ha concedido el honor de criar a Kaguya-hime y te hemos enviado riquezas! ¡Por tanto, no nos irrites y devuélvenos a Kaguya-hime! ¡Es hora de que vuelva a la capital de la Luna!

El anciano trató de protestar, pero nadie prestó atención a sus palabras. El guerrero celestial llamó a Kaguya-hime y entonces todas las puertas y ventanas de la casa se abrieron. Y Kaguya-hime, arrancada de los brazos de la anciana, abandonó la casa. Esta dijo a Taketori:

—No quiero abandonaros, pero debo hacerlo contra mi voluntad.

Una de las criaturas celestiales le regaló un joyero, dentro del cual estaba la ropa de plumas. Y otra le regaló un joyero, dentro del cual estaba el elixir de la inmortalidad.

Las criaturas celestiales dijeron a Kaguya-hime que bebiera el elixir de la inmortalidad. Ella dio un sorbo. Pero cuando otra criatura celestial trató de poner sobre sus hombros la ropa de plumas, la muchacha rogó:

—¡Por favor, esperad un poco! Cuando me ponga esta ropa, todos los sentimientos humanos desaparecerán en mí. Y necesito escribir una carta de despedida a una persona.

Y empezó a escribir la carta de despedida al emperador. Cuando acabó, Kaguya-hime dijo al jefe de los guardias que entregara la carta al emperador, junto con el elixir de la inmortalidad que le había entregado una de las criaturas celestiales.

En ese momento, vistieron a Kaguya-hime con la ropa de plumas. Y todos sus atributos humanos desaparecieron. Dejó de tener pena por el anciano Taketori y la anciana, se subió a un carro volador celestial y se fue junto a las demás criaturas celestiales a la capital de la Luna.

El emperador recibió su carta y el elixir de la inmortalidad. Pero no quería vivir eternamente sin su amada. Y ordenó a sus fieles sirvientes que fueran a la montaña más alta. En su cumbre, los sirvientes hicieron una antorcha y la mojaron con el elixir de la inmortalidad. Luego la clavaron en la cumbre de la montaña y le prendieron fuego.

El elixir ardió con una llama brillante, que no se ha extinguido hasta hoy. Y la gente llama a esta montaña el monte Fuji.

Y así acababa la historia de Kaguya-hime, la princesa de la Luna Kaguya.

… Los organizadores de la corte aprobaron la idea de la compañía de Sumire de representar una obra basada en *El cuento del cortador de bambú*.

La propia Sumire interpretaba a menudo papeles masculinos (era bastante alta, así que se veía bien en papeles masculinos) y en esta obra interpretaría el papel de Taketori. Para hacerlo, la mujer se pondría una peluca gris, abundante maquillaje y una falsa barba. Mashiro interpretaría a Kaguya-hime. Sumire repartió asimismo los papeles de los demás personajes.

Los organizadores les proporcionaron ropas y tramoya apropiadas, porque todo debía ser de la máxima calidad.

Y la compañía empezó a ensayar en el pabellón teatral del palacio.

***

Tokugawa Hidetada y Gō Azai, junto con su séquito, arribaron sin problemas a Kioto. Se alojaron en una de sus propiedades.

Especialmente para su visita a la capital, Gō llevaba consigo sus nuevas ropas y diversas joyas. Entre ellas estaba una horquilla de lapislázuli, que le había comprado a la mujer su primer marido, Saji Kazunari (se habían divorciado). Le gustaba la horquilla, pero lo había olvidado. La horquilla estaba adornada con un bello y antiguo lapislázuli redondo. Por lo que dijo en su momento el joyero, la piedra le había llegado a través de un mercader. Y supuestamente era una piedra muy antigua. No sabía si era verdad o no.

Pero ahora, por primera vez en muchos años, Gō decidió usar de nuevo esa horquilla, junto con un nuevo kimono azul claro.

… El día señalado, el sogún y su esposa empezaron a prepararse para la recepción con el emperador. La mujer se puso su kimono y las doncellas la ayudaron a ponerse el maquillaje. Azai se examinó en el espejo y quedó bastante contenta con el resultado.

Su marido también apreció su apariencia. La horquilla de lapislázuli de su esposa no se ocultó a su mirada.

—Bonita joya —comentó Hidetada—. ¿Comprada recientemente a algún mercader?

—Oh, no. ¡Esta horquilla ha estado en mi joyero durante muchos años! Solo que lo había olvidado completamente. —La mujer sonrió.

Y se pusieron en camino.

***

El sogún Tokugawa y su esposa llegaron a la corte a la hora señalada. En la corte fueron recibidos como correspondía y llevados al pabellón donde se había previsto una fiesta y una interpretación de actores.

El sogún y el emperador, no queriendo perder el tiempo, empezaron de inmediato a discutir los problemas del país en una reunión informal. Gō, que estaba sentada junto a su marido y otras cortesanas, escuchaba con placer la interpretación de los músicos de la corte. Y, por supuesto, las mujeres compartían entre ellas las últimas noticias de la corte.

Cuando acabó la actuación de los músicos, la compañía de Sumire subió al escenario. Interpretaron brillantemente la historia de la princesa de la Luna, Kaguya-hime, sin dejar a nadie indiferente.

—¡Nunca pensé que el teatro de la gente común pudiera ser tan entretenido! —alabó Hidetada.

—Ahora estas compañías de actores están muy de moda en la capital. Algunas de ellas se hacen llamar «kabuki» —le respondió el mikado.

El emperador ordenó recompensar generosamente tanto a los músicos de la corte como la compañía teatral que habían actuado ante sus invitados. También a Gō le gustó mucho su interpretación y decidió regalar su horquilla de lapislázuli a la lideresa de la compañía, Sumire.

Sumire dio calurosamente las gracias por el regalo a la señora Azai, advirtiendo sin querer que la piedra de lapislázuli le parecía familiar por alguna razón. Después de esto, los miembros de la compañía teatral y los músicos fueron llevados a un pabellón especial, donde se les había preparado una fiesta especial.

En un torbellino alegría, Sumire inspeccionó con más cuidado la horquilla que le había dado la esposa del sogún. De repente, los ojos de la mujer se abrieron con sorpresa. «¡Es la misma piedra que vi en el espejo de Umeko!», entendió. «¡Estaba en el collar de jaspe de la reina Himiko! ¿Pero cómo? ¿Por qué está aquí? Y en el lapislázuli del santuario subterráneo en el que cayó la Doncella Celestial Haruka había un agujero redondo como si se hubiera creado para esta piedra… ¿Es realmente… es realmente esta? ¿Pero qué significa esto? ¿Tal vez deba acudir a un buen adivino?... He oído a las chicas de la compañía que hay una buena adivina que vive en la quinta línea. ¡Creo que se llama Ruri!»

La mujer no se imaginaba lo asombroso que iba a ser el encuentro que la esperaba.

***

Al día siguiente, después de la actuación en la corte, Sumire fue a la quinta línea a ver a la adivina. Tan pronto como se aproximó a la puerta, una joven vestida con un kimono azul con un bordado de flores salió a su encuentro. La mujer reconoció inmediatamente a la belleza de ojos azules como la joven Ruri de la visión. «¿De verdad?... ¡No puede ser! Pero incluso su nombre es el mismo de la muchacha de la visión… ¿Coincidencia? Tal vez… Pero ¿y si es el espíritu del lapislázuli sagrado? ¡Definitivamente, debo aclarar las cosas! ¡Y más aún, porque esto significa que he tomado la decisión correcta al acudir a ella!», se le pasó por la cabeza.

—Bienvenida, señora. Sabía que vendría.

Ruri (era ella) se inclinó respetuosamente ante su huésped. Sabía que la jefa de una conocida compañía teatral la visitaría ese día por un asunto importante. Pero a la vista de la adivina se le ocultaba por alguna razón desconocida por qué asunto importante acudiría su visita.

Las mujeres intercambiaron los saludos formales y Ruri invitó a la mujer a entrar en la casa.

—Señora Ruri, mi nombre es Sumire y soy parte de la Compañía Violeta. He oído a mis actrices hablar de usted. ¿Puede predecir mi futuro? —Por alguna razón, no se atrevía a hablar directamente del lapislázuli.

—Por supuesto. —El espíritu del lapislázuli sonrió—. Por favor, dígame su fecha de nacimiento para poder hacer su horóscopo.

La mujer le dijo en qué año, mes y día había nacido. Ruri hizo rápidamente su horóscopo y dijo:

—Señora Sumire, tiene una vida interesante. En el pasado, se apresuró a abandonar su hogar para evitar un matrimonio desagradable y luego decidió dedicarse a la interpretación.

—Muy cierto.

—Su horóscopo indica que cuando llegue a la cumbre de su actividad creativa perderá el interés por ella. Tal y como yo lo entiendo, esa cumbre fue ayer, ¿verdad?

«Es verdad, actuamos delante del mikado y el sogún», se dijo la mujer. «Y después de eso, desde la tarde de ayer, me han venido pensamientos de que ya he logrado lo que quería y mi actividad teatral se ha visto completamente reconocida».

Sin embargo, solo dijo en voz alta:

—Sí, mi compañía tuvo el honor de actuar ante importantes personas de alta cuna. Y entonces más di cuenta de que me era imposible llegar más alto.

Ruri y Sumire hablaron un poco más. Después de que la mujer descubriera todo lo que le interesaba y al legar el momento de pagar a la adivina por sus servicios, dijo:

—Señora Ruri, ¿aceptaría esta joya como pago? —Y con esas palabras, sacó de su faldriquera la misma horquilla de lapislázuli que le había regalado la esposa del sogún el día anterior—. Me la dio la señora Gō Azai, la esposa del señor Tokugawa Hidetada, después de la actuación teatral. ¿Bastará para pagarla?

Sumire pensó para sí que eso sería lo mejor. Sentía que lo correcto era dar esa horquilla a la adivina.

Ante la vista de la horquilla de lapislázuli, los ojos de Ruri se abrieron involuntariamente. Se quedó paralizada por la sorpresa, sin saber qué decir. «¡Es la misma piedra, parte del lapislázuli sagrado del santuario Sagrado! ¡Esta es la fuente de mis poderes mágicos que perdí hace tanto tiempo! ¡Mejor dicho: es parte de la piedra y parte de mis poderes! Sin duda esta piedra me hará más fuerte...», pensó.

—Sí, este pago por mis servicios basta, señora Sumire. Gracias —dijo, mientras aceptaba la joya.

***

Ha pasado algún tiempo desde que Sumire devolvió a Ruri su lapislázuli perdido (más bien parte de su lapislázuli). Tan pronto como la adivina tomó la joya, inmediatamente recuperó sus habilidades mágicas perdidas. A partir de ese momento, pudo volver al mundo de los espíritus, pero no lo hizo. Decidió ir en busca de la reencarnación de la señora Ori.

Sumire abandonó enseguida su compañía de actores, dejando todo a Mashiro. Tenía plena confianza en ella: Mashiro sin duda se ocuparía de todo.

Por supuesto, la compañía quedó enormemente sorprendida por la decisión repentina de Sumire de dejar el teatro. Pero Mashiro se mostró comprensiva y asumió sus tareas. Y la nueva líder hizo un trabajo excelente con sus nuevas responsabilidades.

La antigua jefa de la compañía no conocía aún lo que el destino le depararía pronto. Decidió irse a China.

Entretanto, Ruri recuperaba sus poderes y evaluaba qué hacer a continuación. Podía volver fácilmente al mundo de los espíritus. Pero, por otro lado, al recuperar sus poderes, podía viajar segura a través del mundo de la gente. Después de todo, a pesar de su larga vida, hasta entonces el espíritu del lapislázuli no había estado nada más que en Japón, China y Corea. Pero seguía estando la lejana Europa, con muchos países diferentes.

Las dudas de Ruri se resolvieron con la visita de Miho. Esta visitó a su antigua conocida antes de su viaje a Japón y le dijo que había acabado con todos sus asuntos y ahora quería ir a Europa.

—He estado antes en algunos países —dijo—. Pero me gustaría volver. Ya he enviado un mensaje a mi clan de que haré un «pequeño» viaje. Ruri, ahora que has recuperado tus poderes, ¿quieres venir conmigo? ¿O vas a volver al mundo de los espíritus?

—Ahora puedo entrar fácilmente en el mundo de los espíritus en cualquier momento y en cualquier lugar del mundo. Así que me encantaría ir de viaje contigo. Quién sabe, tal vez me encuentre con una nueva encarnación de mi señora. Además, mi señora siempre soñó con viajar y visitar todos los rincones de este mundo…

Así se decidieron.

Parte 1. Historias olvidadas de tiempos pasados
Capítulo 1. El clan del planeta más allá del río Celestial
1220 a. de C.

Mediados de otoño. Las hojas de los numerosos árboles que cubren en abundancia las islas del archipiélago caían al suelo y cubrían todo a su alrededor como una colorida alfombra de color amarillo-naranja.

Estos lugares estaban habitados por las tribus de los *ainu*, los *kumaso*, los *emishi*, los *enzo*, que provenían del continente desde tiempos antiguos, y los colonos que huían de la tiranía de la dinastía Shang (en antiguo estado de China). Habían cruzado el estrecho que conectaba el archipiélago con el antiguo estado de Gojoson (en el territorio de Corea).

Tribus y colonos no conocían ni la agricultura ni la ganadería. Vivían de la caza y la recolección. Los lugareños no sabían tejer, así que cubrían su desnudez con pieles de animales.

Algunos hombres y mujeres, deseando exhibirse delante de los demás miembros de sus tribus, se adornaban con conchas, colmillos de animales o piedras de colores.

La gente de estos lugares fabricaba platos primitivos de arcilla y lanzas de madera y piedra. Vivían sobre todo en cobertizos. Pero algunas familias vivían en cavernas.

Cada tribu estaba dirigida por un jefe. Los chamanes también eran respetados: eran hombres y mujeres de quienes se creía que entraban en contacto con los espíritus de la naturaleza. Los chamanes les pedían buena suerte en la caza, frutas maduras en la recolección y una buena captura de peces.

De vez en cuando, las tribus peleaban entre sí. Los vencedores se llevaban la poca riqueza de los vencidos y a estos cautivos a su territorio.

… La vida de las tribus del archipiélago no cambió en mucho tiempo. Pero un frío día de otoño ocurrió algo verdaderamente asombroso.

Un misterioso punto apareció en el cielo. Este se aproximó gradualmente al suelo y se volvió cada vez mayor. Finalmente, el punto adoptó una forma que se parecía a una nave gigante en forma de capullo gigante de junco. Flotaba sobre las islas y permanecía allí parado, directamente en el aire…

Los atónitos habitantes de las islas miraban a lo alto, al «capullo gigante», con considerable sorpresa.

—¿Qué es esa nave? —decían algunos con sorpresa.

—¿Es posible que uno de los espíritus esté enfadado con nosotros y ahora quiera dejar caer ese capullo de junco directamente desde el cielo sobre nuestras cabezas? —temían otros.

Pero no importaba lo que fuera el misterioso objeto que flotaba en el cielo: fuera una nave o un gigantesco capullo de junco, no tenía intención de caer.

Así pasaron varios días. A veces, pájaros de hierro salían volando del «capullo». Flotaban sobre el suelo, llevando a la gente a un estado de horror. Sin embargo, los pájaros de hierro no atacaron a nadie. Los pájaros parecían estar estudiando los alrededores, después de lo cual volvían a ascender y se escondían en la «nave».

Los líderes de las tribus acudieron a sus chamanes, preguntando: ¿qué es esto? Pero los chamanes, sin saber qué responder, ofrecían todo tipo de explicaciones ridículas. Algunos decían que era un mal augurio, mientras que otros, por el contrario, afirmaban que era una buena señal de las deidades.

Después de un tiempo, el «capullo» misterioso aterrizó en una de las islas y se escondió en las montañas que después de unos siglos se llamarían «Sefuri».

Tan pronto como el misterioso objeto celestial tocó la superficie de la montaña, se formó inmediatamente una brecha, en la cual apareció un puente con un ligero silbido. Sobre el puente, uno detrás de otro, un grupo de gente vestida con ropas brillantes salió al exterior desde la panza de la nave.

Los extranjeros descendieron desde el puente a una meseta de la montaña cubierta con una delgada capa de nieve. El mayor de ellos suspiró profundamente y dijo:

—El aire de aquí es sin duda apropiado para nosotros…

—¡Por supuesto, Gran Señor! —exclamó un apuesto joven—. ¡Nuestros exploradores han estudiado cuidadosamente esta zona! Además, clanes de nuestro planeta natal ya viven en otros continentes…

—Ah, Izanagi… —El Gran Señor suspiró—. No está de más que seamos extremadamente cuidadosos… Además, se supone que hace muchos milenios uno de los clanes de nuestro planeta ya descendió a este archipiélago. Pero ahora no hay ninguna indicación de su presencia. O abandonaron estas tierras hace mucho tiempo o perdieron su tecnología y entraron en decadencia. Y tal vez los descendientes del antiguo clan vivan entre simples mortales.

Hizo una pausa y echó una cuidadosa mirada a lo que le rodeaba. Delante de él se alzaba una interminable zona montañosa.

Mirando a su alrededor, el señor habló de nuevo:

—Por desgracia, nosotros también hemos tenido que dejar nuestro planeta natal, que se encuentra más allá del río Celestial. Lamentablemente, está completamente encenagado en guerras y los recursos naturales se han agotado. ¡Aquí encontraremos un nuevo hogar! Este archipiélago aún no ha sido habitado por nuestros parientes. El nivel de desarrollo de las tribus locales es extremadamente bajo, así que es improbable que sean una amenaza. Además, las montañas y las zonas cercanas que nos rodean siguen siendo vírgenes. Esconderemos nuestra nave en alguna de las cuevas de la montaña y, con la ayuda de nuestras tecnologías, levantaremos un asentamiento en la llanura.

***

1170 a. de C.

Mediados de invierno. Las tierras altas y sus zonas aledañas estaban cubiertas de nieve. Sus bloques blancos semejaban plata bajo el sol matinal. Cubiertas de nieve coronaban las cumbres de las montañas Sefuri y los árboles a sus pies. Las oscuras ramas de las plantas contrastaban con el fondo de blanca nieve.

Los habitantes del archipiélago se envolvían en cálidas pieles para sobrevivir al frío. Los fuegos no salían de sus cobertizos y cavernas.

Ese invierno era inusualmente nivoso y frío. Las tribus locales vivían precariamente. Las existencias recogidas en el verano se agotaban rápidamente. La caza se escondía en lo más profundo de sus madrigueras y solo las abandonaba cuando el hambre se convertía en insoportable.

… Habían pasado muchos años desde que el clan del río Celestial había llegado a la Tierra. A lo largo de los años, escondieron su nave en un lugar seguro y se asentaron completamente en un nuevo lugar.

No lejos de las montañas Sefuri, construyeron un asentamiento bien fortificado llamado Ashihara no Nakatsukuni, o sencillamente Ashihara. Los extranjeros construyeron sus murallas con una excelente piedra blanca, traída de ultramar sobre pájaros de hierro. Para ellos, los extranjeros erigieron edificios de madera de dos o tres plantas y cubiertos con tejas.

Ashihara no Nakatsukuni significaba «Tierra Central de las Llanuras de Juncos». Puede entenderse como «un país ubicado entre el mundo superior y el inferior», es decir, entre Takamagahara (Llanura del Alto Cielo) y Yomi-no-kuni (Inframundo).

En el centro del asentamiento estaba la residencia de los ancianos del clan. El edificio se encontraba a las espaldas de otras construcciones, sus fachadas estaban cubiertas con elegantes relieves y el tejado con tejas rojas de cerámica.

Los extranjeros del río Celestial poseían muchas tecnologías, en especial, sabían cómo fabricar papel de excelente calidad. Usaban el papel para fabricar particiones correderas, pantallas y otros objetos de interior. Decoraban esos objetos de interior con pinturas brillantes que mostraban plantas, flores y animales extravagantes de sus tierras de origen.

En los alrededores, los extranjeros se movían con los pájaros de hierro.

Gradualmente, las tribus locales empezaron a adorar, no a las fuerzas de la naturaleza, sino a los extranjeros, considerándolos deidades que habían llegado de Takamagahara (Llanura del Alto Cielo)

Con el tiempo, el clan creció y muchos niños de distintas edades corrían en torno al pueblo. La gente de Ashihara entró en contacto con las tribus locales. Estas también creyeron que las propias deidades, las celestiales, visitaban sus sitios y, por tanto, les proporcionaron mansamente los muchachos y muchachas más bellos para su servicio.

Los celestiales trataban bien a sus sirvientes. La gente que entraba a su servicio estaba siempre bien alimentada y vestida y, en caso de enfermedad, recibía asistencia médica. Por el contrario, el resto de la gente de las tribus a menudo tenían que soportar frío, hambre, penalidades y epidemias. En resumen, los lugareños que acababan en Ashihara eran considerados por sus compañeros de tribu como exitosos en la vida.

A pesar del contacto frecuente con los lugareños, los miembros del clan Celestial preferían no intimar con ellos para preservar la pureza de sangre y así los hermanos se casaban con sus hermanas. Esos matrimonios entre parientes cercanos se volvieron comunes en Ashihara.

El antiguo jefe del clan, apodado el Gran Señor, murió de viejo. Los ancianos, los miembros del consejo, también abandonaron este mundo uno a uno.

Y entonces llegó el momento de que asumieran el poder los descendientes del Gran Señor. Eran hermano y hermana y, como era costumbre en Ashihara, también eran marido y mujer: Izanami e Izanagi.

… A veces, los miembros ancianos del clan sentían añoranza de su tierra natal. Después de todo, habían pasado allí la mayor parte de sus vidas.

Los hijos nacidos en la Tierra nunca aspiraron a volver a la nébula del río Celestial. Por supuesto, oían hablar de la lejana tierra de origen a los miembros mayores del clan. Y a menudo les parecía un lugar extremadamente triste…

… La joven Amaterasu era la hija mayor de los esposos Izanami e Izanagi. En el clan, el poder se transfería por edad, independientemente del género, así que era considerada la primera heredera.

La muchacha demostraba realmente una extraordinaria habilidad para dirigir y una gran ansia de conocimiento. Izanami e Izanagi estaban firmemente convencidos de que, cuando llegara el momento, su hija de convertiría en una digna cabeza de familia.

… Amaterasu se levantó tarde ese día y miró su habitación, decorada con elegantes pantallas pintadas y muebles labrados. En medio había un brasero encendido del que emanaba un calor vivificante.

Los rayos del sol se filtraban a través del papel, cubriendo la partición corredera que llevaba al patio.

«Debe haber amanecido hace rato… Y todos están ya levantados…» La joven señora decidió dormitar un rato. Normalmente se despertaba más temprano, pero la noche anterior había estado leyendo un tratado sobre mecanismos.

Amaterasu no tenía prisa en dejar su cama caliente. Finalmente, la muchacha decidió levantarse. Se puso un abrigo de buena piel sobre los hombros y llamó a su nueva doncella. Era de las tribus locales que acababan de llegar al pueblo del clan Celestial.

La muchacha le trajo inmediatamente un cuenco de plata lleno de agua para que se levara. Amaterasu miró atentamente a su nueva doncella. Su nombre era Miyu y provenía de la tribu *ainu*. La muchacha estaba vestida con las ropas de una sirviente: una camisa blanca y una larga falda roja. Su largo cabello oscuro estaba recogido en una cola de caballo bien recogida. No parecía tener más de once o doce años.

Pero, a pesar de su juventud, entre las tribus locales Miyu era considerada una adulta y podía casarse.

Como había oído Amaterasu, los lugareños se casaban muy pronto. No era sorprendente que los hijos de esas uniones llegaran a este mundo débiles y muchos de ellos murieran poco después de nacer. A menudo, se llevaban las vidas de sus madres con ellos.

Para todos los miembros del clan Celestial, esa manera de vivir les parecía salvaje e impensable. ¡Incluso Amaterasu, con diecisiete años, era considerada una niña por los ancianos del clan! Sin embargo, la expectativa de vida de los extranjeros a veces excedía el periodo determinado por el destino de las tribus locales.

… A Miyu le gustaba servir a la «diosa». Aunque había llegado recientemente a Ashihara, al ser una chica despierta, se dio cuenta rápidamente de que, comparada con su vida anterior, la nueva era mucho mejor. Aquí comía bien y vestía buenas ropas que no tenían comparación con sus antiguas pieles. Y la habitación de la doncella resultaba mucho más acogedora y cómoda que el pequeño y triste cobertizo en el que Miyu vivía con sus padres y sus numerosos hermanos.

Por supuesto, la muchacha echaba de menos a sus padres y amigos que permanecían en la tribu. E incluso le gustaban varios jóvenes, de entre los que pretendía elegir su marido en el futuro. Pues en la tribu de Miyu, como en muchas otras, había una tradición que dejaba a las mujeres elegir sus esposos.

Pero no importaba lo mucho que la muchacha pensara, siempre llegaba a la misma conclusión: servir a las deidades era un honor y el hecho de que la hubieran elegido era una suerte increíble. Miyu tenía mucho miedo de tener que volver si no hacía bien su trabajo.

… La muchacha sintió la mirada atenta de Amaterasu.

—Mi señora, ¿algo va mal? —murmuró temerosa.

Amaterasu, al ver la preocupación de su doncella, replicó suavemente:

—No, nada… ¿Cuántos años tienes?

Miyu abrió mucho los ojos, sorprendida. En su tribu, la edad no se contaba en años, sino en inviernos. Los inviernos que había vivido una persona era su edad. Muchos no recordaban su edad exacta. Y el chamán era considerado el más anciano de la tribu, pues había vivido más de cuarenta inviernos. ¡No todos podían superar una edad tan impresionante! Muchos morían jóvenes por enfermedades, otros de viejos después de treinta y cinco inviernos.

El chamán con sus cuarenta inviernos parecía un hombre viejo. Su pelo se había encanecido mucho tiempo antes y su cara estaba cubierta de profundas arrugas.

—Lo siento, mi señora. No entiendo… Acabo de empezar a trabajar… —murmuró de nuevo Miyu sobresaltada.

La señora pensó por un momento:

—Ah, sí… Tu edad se calcula en inviernos… ¿Cuántos inviernos tienes?

—Doce… —respondió mansamente Miyu y se inclinó con respeto.

«Tal y como pensaba, es solo una niña...», se dijo Amaterasu. «Las tribus locales raramente mandan a alguien mayor de doce o trece años para servirnos...»

La muchacha aceptó el cuenco y empezó a lavarse la cara. «Después de todo, las tribus locales son muy distintas del clan Celestial», pensó.

***

Al ser la heredera mayor de Izanagi y Izanami, Amaterasu dominaba varias ciencias. La muchacha había sido instruida por los miembros más veteranos del clan, Uhijini y Suhijini.

Le habían enseñado escritura, aritmética compleja, mecánica, la historia del clan Celestial y otras ciencias. Pero, aparte de esto, Amaterasu dominaba el conocimiento de la geografía del archipiélago que se había convertido en la nueva patria de los extranjeros, así como los lugares donde existían recursos útiles.

Recientemente, había estudiado la historia de la antigua reina Ori. Los simples mortales ya no recordaban ni a Ori ni a su clan. Pero Ori había venido con el clan Celestial que había arribado a la Tierra mucho tiempo antes, más de diez mil años antes, desde el mismo hogar ancestral que el clan de Amaterasu.

Los antepasados de Ori vivieron en este archipiélago durante mucho tiempo, pero finalmente perdieron el contacto con su lejano hogar ancestral, que se encontraba más allá del río Celestial.

Asimismo, con el paso del tiempo, perdieron la mayoría de sus conocimientos y, junto con ellos, también perdieron su tecnología y se hicieron muy parecidos a los simples mortales. Sin embargo, escribieron y conservaron crónicas meticulosas en un papel especial inmune al paso del tiempo (para entonces ya se había perdido irremediablemente el secreto de su fabricación).

El clan de Amaterasu redescubrió de forma bastante accidental dichas crónicas cuarenta años antes en la isla de Honshu.

Los miembros del clan exploraron el área más cuidadosamente y encontraron la tumba de Ori y las crónicas guardadas en ella.

Volvieron a sellar la tumba, pero copiaron las crónicas. Los miembros del clan de Amaterasu descubrieron que el clan de Ori no pudo soportar las arremetidas del tiempo. Los recién llegados no consiguieron encontrar restos de antiguos asentamientos. Solo se habían conservado las crónicas acerca de los hechos de Ori.

Por tanto, su historia se revivía en el recuerdo de la gente del clan Celestial.

Amaterasu también estudió la historia de la reina de la antigüedad. Asimismo, averiguó que la señora Ori había recibido los servicios de la misteriosa adivina Ruri. Y que con su ayuda la reina no solo conocía el futuro, sino también todos los peligros inminentes. Sin embargo, los actuales representantes del clan Celestial no creían especialmente en la existencia de Ruri, decidiendo que los que escribieron las crónicas acerca de la antigua reina adornaban y mistificaban de algún modo los acontecimientos de tiempos pasados.

… Una vez cada cinco días, a Amaterasu, como buena estudiante, se le concedía un día de descanso. En esos días, salía de Ashihara montando un pájaro de hierro con sus iguales o se dedicaba a leer. Esta vez, Amaterasu decidió dedicar su tiempo libre a la lectura y sacó de una estantería de madera labrada un tratado de mecánica que había empezado a leer unos días antes. Desenrolló el largo rollo y empezó a leer con interés.

Después de un rato, oyó ruidos y gritos en el pasillo.

Amaterasu se estremeció involuntariamente.

—¡Susanoo! ¡Ahora verás!... —se oyó decir a un niño indignado de diez años.

—¡No eres lo suficientemente mayor como para ganarme, Tsukuyomi! —replicó confiado el niño mayor.

Amaterasu suspiró profundamente. «Otra vez estos dos haciendo ruido por la mañana… ¡Me gustaría leer en paz!», pensó irritada.

Por desgracia, según la muchacha, había tenido mala suerte con sus hermanos. Más exactamente, con un hermano, que era Susanoo. Era dos años más joven que ella (acababa de cumplir quince) y tenía un genio extremadamente malo. El joven acosaba constantemente a Tsukuyomi, de diez años, que era un niño tranquilo, calmado y obediente.

Amaterasu se lamentaba a menudo mentalmente: ¿por qué tiene Susanoo que meterse con todos y romper todo? Los padres estaban completamente perplejos: ¿por qué era así su hijo mediano? Sí, exteriormente se parecía a ellos, pero tenía el genio de un salvaje incontrolable.

Por supuesto, Izanagi e Izanami intervenían siempre que era posible cuando sus hijos se peleaban. Pero ahora estaban fuera de su hogar ocupándose de sus obligaciones, así que no podían ser testigos de otro enfrentamiento entre hermanos.

Entretanto, Susanoo, sintiéndose impune, continuaba acosando a su hermano menor:

—¡Qué bajo eres! ¡Yo era mucho más alto a tu edad! ¡Y no vas a crecer nunca!

Al oír esto, Tsukuyomi sintió que un velo de resentimiento le tapaba los ojos. El niño realmente parecía algo más joven que la edad que tenía, debido a su baja estatura y frágil mentalidad y eso le preocupaba mucho. El hermano mayor no perdía la oportunidad de repetírselo.

—¡Creceré! ¡Y seré más alto que tú! —casi gimió Tsukuyomi.

—¡No crecerás! —siguió burlándose Susanoo.

Amaterasu sentía una sincera simpatía por el niño. Sabía perfectamente lo mucho que le ofendían las palabras de su hermano mayor.

Dejó a un lado el escrito, se levantó y cruzó la puerta corredera de su habitación.

Al ver a su hermana mayor, Susanoo se quedó callado por la sorpresa. Él la temía. Pues ella conocía perfectamente las artes marciales y, si era necesario, podía usar sus habilidades contra su molesto hermano.

—Oh… Hermana… Lo siento, no creía que estuvieras aquí… —El joven lazó inmediatamente una mirada cándida.

—¡Deja de meterte con Tsukuyomi! —dijo con dureza Amaterasu.

Susanoo frunció el ceño, pero se quedó prudentemente en silencio y prefirió retirarse a toda velocidad. Disgustado, Tsukuyomi se acercó a su hermana mayor y empezó a dejar mostrar sus emociones.

La muchacha consoló a su hermano menor. Y pensó para sí que, si las cosas seguían así, Susanoo causaría muchos más problemas en el futuro.

Capítulo 2. Un sueño profético que anuncia problemas.

1168 a. de C.

La vida en Ashihara seguía siendo normal. Izanagi e Izanami seguían siendo los jefes del clan. Los lugareños continuaban adorando a los extranjeros del río Celestial como si fueran deidades.

Se esperaba una nueva incorporación en la familia de Izanagi e Izanami. Ambos esposos esperaban el nacimiento de otro hijo. Izanami incluso había decidido que si nacía una niña la llamaría Sakuya y, si era un niño, Kagutsuchi.

… Amaterasu acababa de cumplir diecinueve años. De acuerdo con las tradiciones del clan Celestial, en un año, cuando cumpliera los veinte, sería considerada adulta.

Los miembros del clan Celestial estaban firmemente convencidos de que en el futuro la muchacha cumpliría adecuadamente con sus tareas como gobernante.

Tsukuyomi también continuaba agradando a sus padres. Crecía como un chico inteligente y tranquilo. Y, a pesar de las burlas de Susanoo, había empezado a crecer rápidamente.

Susanoo no había dejado de mostrar su peor lado. Se emborrachaba a menudo, destrozaba todo lo que tenía alrededor…

Una vez, entorpecido por el alcohol, entró en uno de los pájaros de hierro y voló en dirección desconocida. El joven no volvió a casa en varios días… Izanami e Izanagi estaban constantemente amargados y decepcionados con respecto a su hijo mediano.

Enviaron varios pájaros de hierro en su busca. Finalmente, el chico problemático fue encontrado en la cercana isla de Honshu, en un lugar llamado Izumo.

Izumo recibía su nombre de Izanami, a quien le gustaba mucho esta zona. La mujer volaba allí a menudo con su marido para dar paseos y disfrutar del maravilloso paisaje.

… Susanoo no recordaba cómo había volado a Izumo. Aterrizó malamente cerca de un pequeño lago, el pájaro de hierro se vio gravemente dañado y no podía volar.

Hasta que no llegó la gente de su clan, el asustado joven se escondió en los bosques que había alrededor del lago. Tenía miedo de encontrarse con los lugareños, porque había olvidado totalmente llevar un arma consigo. Y después del fallo del mecanismo, Susanoo estaba tan cubierto de lodo que no parecía una deidad, sino más bien un espíritu malvado del bosque…

Cuando la gente del clan Celestial lo encontró por fin y lo llevó de vuelta a casa, al principio el joven se comportó con una calma inusual. A todos les gustó que Susanoo cambiara y reflexionara sobre su anterior comportamiento. ¡Pero no! Menos de un mes después, el segundo hijo de Izanagi e Izanami volvió de nuevo a su antigua vida…

***

…Era un bochornoso día de verano. No había el más mínimo movimiento de aire.

Los sirvientes y miembros del clan Celestial sufrían por el calor. Por la tarde, el cielo empezó a adoptar una tonalidad plúmbea al irse aproximando una gran tormenta.

Amaterasu mataba el tiempo a la sombra de un árbol frondoso. Sus doncellas, Miyu y Mayu, daban aire diligentemente a su Señora con grandes abanicos.

Durante los últimos dos años, Miyu había crecido y se había ido convirtiendo en una atractiva joven. Mayu entró al servicio de las deidades poco después que su amiga. Era un año menor que Miyu, pero eso no impidió que las muchachas se hicieran amigas.

—Probablemente va a haber una fuerte tormenta esta tarde… —dijo indolentemente Amaterasu.

—Sí, mi señora, siempre hace mucho bochorno antes de una tormenta —corroboró Mayu.

—Tengo miedo de morir por un rayo… —confesó Miyu.

—¡No deberías temerlos! ¡El cielo está lejos! Y servimos a las deidades, así que no va a pasar nada —razonó su amiga.

Lo sabía perfectamente: en una tormenta, no hay que estar cerca del agua y no hay esconderse bajo un árbol. En caso contrario, los espíritus del trueno se enfadarán y te incinerarán con un rayo ardiente.

—He tenido una pesadilla hoy —dijo Miyu ignorando a su amiga —. He visto una enorme bola de fuego caer en Ashihara y cubrir de llamas a la señora Izanami…

—¡Tal vez la señora Izanami vaya a dar a luz a un dios del fuego! —explicó a su manera la supersticiosa doncella.

Su amiga inclinó la cabeza. El sueño podía no ser tan inocuo como podría parecer a primera vista. Pues la diosa moría en el fuego...

A Amaterasu le preocuparon las palabras de la muchacha. Últimamente había notado más de una vez que los sueños de su doncella no eran en modo alguno solo eso. El año anterior, Miyu había tenido una visión de un terremoto. Por suerte, no fue fuerte y los miembros del clan Celestial consiguieron tomar todas las precauciones necesarias y advertir a los lugareños. Unos pocos meses después, ocurrió algo similar con un desprendimiento de tierras.

La heredera del clan Celestial estaba desconcertada: ¿era solo una coincidencia o la muchacha tenía algún tipo de don? La propia Miyu decía que su madre estaba lejanamente relacionada con el chamán. Y las mujeres de su familia a veces tenían sueños proféticos. Aunque la muchacha hasta entonces no había advertido nada de esto en sí misma.

«¿Una bola de fuego?», pensó Amaterasu. «¿Podría ser un rayo globular?».

En el medio siglo que el clan Celestial llevaba en la Tierra, ya se había familiarizado con un fenómeno tan raro como los rayos globulares y los habían observado en distintas regiones.

Un rayo globular era una bola de plasma luminosa que flotaba en el aire. El clan Celestial suponía que era un fenómeno de origen eléctrico, que era una forma especial de rayo que duraba más tiempo y tenía la forma de un globo. Tenía la capacidad de moverse siguiendo una trayectoria completamente impredecible. Los rayos globulares normalmente aparecían en tormentas y con tiempo tormentoso. Aunque a veces se producían en día despejados y soleados.

Normalmente este fenómeno lo genera un rayo normal. A veces la bola de fuego desciende de las nubes o aparece en el aire como salida de la nada. Los rayos globulares a menudo incendian objetos, casas y pueden incluso hacer arder asentamientos enteros.

… Amaterasu estaba horrorizada imaginando cómo una misteriosa bola de plasma entraba por algún agujero en los aposentos de su madre y todo a su alrededor ardía en brillantes llamas.

La muchacha palideció y sintió un desagradable escalofrío en su estómago. «¡Debo advertir a mis padres! ¿Y si el sueño de mi doncella es realmente profético?».

La heredera del clan Celestial se puso inmediatamente de pie.

—Mi señora, ¿qué pasa? —Las doncellas se preocuparon.

—He recordado algo importante —respondió Amaterasu evasivamente.

Amaterasu compartió su preocupación con sus padres. Izanagi e Izanami ya había oído hablar de los sueños proféticos de Miyu.

Decidieron que si empezaba una tormenta, cerrarían herméticamente todas las particiones y puertas del palacio. Izanami estaría vigilada de cerca por los sirvientes en sus aposentos.

***

Por la tarde se desató una terrible tormenta. La lluvia azotaba las montañas Sefuri y el trueno resonaba sobre ellas. Parecía que la misma tierra temblaba bajo sus pies y estaba a punto de abrirse en un agujero profundo al rojo vivo. Brillantes hilos de relámpagos cruzaban el cielo.

Izanami estaba en sus aposentos. Estaba en la última etapa de su embarazo. Según los doctores del clan Celestial, el bebé crecía bien y sería muy grande al nacer. Y temían que la mujer pudiera tener un parto prematuro. Así que uno de ellos estaba en una cámara cercana a la señora y la seguía atentamente, de forma que cuando llegara el momento pudiera proporcionar la ayuda necesaria.

… De repente, se produjo un brillante destello sobre el palacio. Al mismo tiempo, el suelo se vio sacudido por un movimiento tan potente que incluso los edificios de Ashihara temblaron. Parecía que los rayos recorrían literalmente el palacio de parte a parte.

Izanami gritó involuntariamente. Últimamente no se había sentido bien y le atormentaban malos presentimientos, que habían empezado mucho antes de que Amaterasu le contara el sueño profético.

Izanagi, que no dejaba a su esposa, sintió un acceso de ansiedad. Quiso decir algo que animara a su mujer, pero no tuvo tiempo: la partición que llevaba al patio se vio engullida por una llama escarlata…

La llama creció rápidamente. El fuego devoró literalmente el papel de las particiones y todos los intentos de Izanagi y los sirvientes por apagar el fuego fueron inútiles.

Finalmente, una bola de fuego entró en la habitación a través del espacio resultante de las particiones quemadas.

Muertos de miedo, los sirvientes se quedaron postrados ante ese fenómeno natural y empezaron a rezar a sus deidades pidiendo piedad, para salvar sus vidas.

Izanagi corrió hacia su esposa.

—¡Vamos, salgamos de aquí! ¡Es un rayo globular! —gritó—. ¡Socorro!

La mujer se dejó caer en brazos de su marido, incapaz de dar un solo paso y durante algunos momentos no pudo dejar de mirar la bola de fuego suspendida en el aire. Parecía estar absorbiendo la vida de Izanami.

El jefe de los guardias del palacio entró en la habitación como un torbellino, acompañado por varios miembros del clan. Se quitaron sus prendas exteriores y empezaron a luchar valerosamente contra el fuego, a pesar de que la bola de fuego seguía suspendida bajo el techo. Y enseguida consiguieron apagarlo.

Dibujando una trayectoria completamente impredecible, el rayo globular salió volando a través de la partición quemada…

Aun así, Izanagi no renunció a llevar a su esposa a un lugar seguro. Tan pronto como la bola de fuego desapareció en el oscuro exterior, Izanami gritó y se llevó ambas manos a su abdomen al tiempo que un dolor agudo recorría su cuerpo. La mujer tuvo la impresión de que el niño se daba la vuelta de repente.

—¿Estás mal? —preguntó su marido, preocupado.

—El nacimiento ya ha empezado… —murmuró la mujer, jadeando de dolor.

***

Llevaron inmediatamente a Izanami a una habitación limpia y caliente, lejos del lugar del incidente. Y los doctores se aproximaron inmediatamente a ella.

… La mujer sufrió durante mucho tiempo y no pudo dar a luz naturalmente. El doctor jefe hizo un diagnóstico desalentador: el bebé venía de nalgas, aunque hasta ese momento el feto había estado en posición normal, como debía ocurrir en la última etapa del embarazo. El doctor jefe indicó que hacía falta una intervención quirúrgica urgente. Sus colegas prepararon rápidamente todo lo necesario para la operación. Por desgracia, tras el paso de más de medio siglo en la Tierra, las medicinas apropiadas habían disminuido drásticamente en Ashihara. El gas especial del sueño, tan necesario para esas operaciones, traído a través del río Celestial, se había acabado mucho tiempo antes.

… Las mujeres del clan daban a luz naturalmente sin anestesia. Solo en raras ocasiones el doctor jefe usaba una sustancia de producción propia. Se fabricaba en Ashihara, en un laboratorio médico. Y era algo diferente en sus propiedades a su fuente original. Sin embargo, era imposible titubear: Izanami se debilitaba a ojos vista. Si no cortaban sus carnes, moriría y el bebé no nacería nunca.

Izanagi, Amaterasu, Susanoo y Tsukuyomi estaban muy afectados. No sabían dónde quedarse y se acercaban constantemente a los aposentos de la mujer parturienta, esperando que los doctores salieran pronto con buenas noticias. Sin embargo, el parto duraba demasiado tiempo. Finalmente, el doctor jefe apareció en la puerta y reconoció a Izanagi que la situación era grave: había sin duda riesgo, especialmente para la mujer parturienta.

El jefe del clan se enfrentaba a una decisión difícil. Tras reflexionar, dio al doctor jefe permiso para operar.

… Amaterasu no sabía dónde quedarse, así que vagaba sin rumbo por los pasillos del palacio. Se veía acosada por el sueño de Miyu. Y la muchacha se encontraba atormentada por presentimientos extremadamente malos.

Solo tenía dos años cuando nació Susanoo. Amaterasu era demasiado pequeña y por tanto este acontecimiento se había borrado de su memoria. Pero el nacimiento de su segundo hermano menor, Tsukuyomi, lo recordaba perfectamente.

Gracias los hábiles doctores del clan Celestial y a sus pociones, el nacimiento se produjo, y relativamente rápido. Y Tsukuyomi nació siendo un niño grande, sano y fuerte.

Pero ahora parecía que ni siquiera los doctores con sus conocimientos, pociones y medicinas podían ayudar a su madre.

De repente, Amaterasu imaginó con horror cómo iba a morir su madre en el parto, como muchas mujeres de las tribus locales. Su interior se quedó helado. «¡Cálmate!», se dijo. «¡Desde que llegamos aquí desde el río Celestial, ninguna mujer de nuestro clan ha muerto de parto!».

De hecho, esas tragedias hacía cincuenta años que no pasaban en el clan Celestial. Al menos hasta entonces. La muchacha trató de apartar esos lúgubres pensamientos de su mente, pero, a pesar de ello, su gran imaginación continuaba dibujando imágenes, cada una más oscura que la otra…

***

El recién nacido resultó ser grande, pero extremadamente delicado. Los doctores temían por las vidas del bebé y de su madre.

Hicieron todo lo posible por salvarlos. Pero, por desgracia, eran impotentes. Izanami, sin recuperar el conocimiento, murió al parársele el corazón.

Pero las desgracias no acabaron ahí. El recién nacido no sobrevivió mucho tiempo a su madre. Y al día siguiente la acompañó al otro mundo…

Izanagi guardó por mucho tiempo luto por la muerte prematura de su querida esposa y su hijo. Amaterasu, Susanoo y Tsukuyomi también guardaron luto durante mucho tiempo por su madre y Kagutsuchi (ese era el nombre del recién nacido). Susanoo incluso olvidó totalmente su mal comportamiento y no abandonó sus aposentos durante varios días.

La gobernadora del clan Celestial fue enterrada en Izumo, en el monte Hiba.

(Según varias fuentes, el lugar del enterramiento de la diosa Izanami se encuentra en el monte Hiba, en el límite entre las antiguas provincias de Izumo y Hōki —la antigua provincia de Japón en la región de Chūgoku, al oeste de la isla de Honshu. Se corresponde con la parte occidental de la prefectura de Tottori—, cerca de la ciudad moderna de Yasugi).

Izanagi, para atemperar de alguna manera su dolor, se fue a la desembocadura del río de la tierra de Himuka. El marido, transido de dolor, estuvo varios días aislado, realizando un rito de purificación en el río. Hasta que Amaterasu, Susanoo y Tsukuyomi vinieron a por él en pájaros de hierro. Solo entonces volvió a Ashihara…

Capítulo 3. Exilio y nueva vida del dios del mar y las tormentas

1163 a. de C.

Era el final de la primavera. El sol con sus rayos dorados iluminaba suavemente la tierra. La hierba abundante y las nuevas hojas de color verde brillante se agitaban bajo las olas de una ligera brisa templada. Un nuevo día amanecía sobre Ashihara y sus alrededores.

Habían pasado cinco años desde la muerte de Izanami y su bebé. Durante este tiempo hubo cambios muy importantes en Ashihara. Hace cuatro años, Amaterasu cumplió veinte años y, de acuerdo con las leyes del clan Celestial, se convirtió en adulta.

Izanagi nunca se recobró del todo de la muerte de su amada esposa. E intentó irse a Izumo para vivir en el bosque en soledad. Los hombres de la tribu trataron durante mucho de disuadirlo de realizar ese acto desesperado, pero, por desgracia, sus exhortaciones no sirvieron de nada. Y, tras haber transferido sus deberes a su hija mayor inmediatamente después de que se hiciera mayor de edad, se apresuró a abandonar Ashihara.

Amaterasu no tuvo otra alternativa que aceptar su nuevo estatus. Hay que advertir que la muchacha empezó a cumplir con sus nuevas tareas con gran responsabilidad. Además, los miembros más antiguos del clan, que eran todos consejeros de su padre, le prestaron juramento de fidelidad. Lo que, por supuesto, inspiró a Amaterasu cierta confianza.

Pronto, la nueva gobernadora se enfrentó a la cuestión de la procreación. El clan del río Celestial tenía una larga tradición de hermanos casándose con hermanas y teniendo hijos. Amaterasu, de acuerdo con las tradiciones antiguas, tuvo dos hijos con Susanoo. Sin embargo, no quiso casarse con su hermano menor.

… Tsukuyomi se había convertido en un joven atractivo. Susanoo guardó luto a su madre por mucho tiempo y parecía haber olvidado sus antiguos hechos atrevidos e irreflexivos. Pero después de un tiempo volvió a ellos.

Abusaba frecuentemente del alcohol y luego vomitaba por todo el palacio de Ashihara. Además, Susanoo tenía continuas peleas con otros miembros de la tribu, así que estos no le tenían el debido respeto.

Y entretanto estrelló otro pájaro de hierro. Por suerte, el daño en el aparato fue sobre todo externo. Pronto, gracias al hábil mecánico y herrero Amatsumara, el pájaro volvió a surcar de nuevo el cielo.

... Amaterasu probó a casar a su hermano (ella no quería casarse en absoluto con él, a pesar de tener hijos en común), esperando que la vida familiar haría que sentara la cabeza. Pero la esposa abandonó a Susanoo poco después de la boda. Un segundo intento de hacer que el desafortunado familiar adoptara una vida familiar tampoco tuvo éxito: la segunda esposa siguió el ejemplo de la primera y abandonó enseguida a su marido.

Amaterasu renunció, decidiendo dejar que su hermano siguiera con su vida.

... Un día en que todo había empezado con normalidad, Amaterasu estaba ocupada en sus tareas del clan en su despacho. De repente, sus doncellas, Miyu y Mayu, aparecieron y confesaron que estaban embarazadas de su hermano. Amaterasu quedó muy sorprendida.

Por supuesto, a las doncellas no se les prohibía tener hijos de los hombres a los que servían. Los frutos de aquellas uniones permanecían en Ashihara y desde niños aprendían a servir a las deidades.

Pero los miembros del clan Celestial se tomaban muy en serio la pureza de su sangre. Y no entraban en relaciones íntimas con las tribus locales.

—¿De quién exactamente? ¿De Susanoo o de Tsukuyomi? —pidió finalmente aclaraciones Amaterasu cuando se recobró.

—Del señor Susanoo… —murmuraron culpablemente las doncellas.

La mujer se quedó en silencio por unos momentos, sin saber qué decir. Conociendo a su hermano, estaba seguro de que había podido seducir fácilmente a sus doncellas. ¿Pero qué hacer con los niños después de que nacieran? No podían ser simples sirvientes, pues después de todo su padre formaba parte del clan del río Celestial. ¿Dejarlos quedarse en Ashihara como miembros del clan?

Amaterasu decidió que primero tenía que hablar con Susanoo y luego contar todo a sus consejeros. Y después tomar una decisión.

—Por ahora, podéis iros —dijo a Miyu y Mayu—. No os culpo y pensaré en qué puede hacerse con vuestros futuros hijos.

Ambas doncellas se inclinaron y se fueron. La jefa del clan Celestial, después de pensarlo un poco, envió a un sirviente en busca de su hermano.

***

En ese momento, el culpable estaba bebiendo. Aún no sospechaba que su hermana había sabido de su indigna conducta.

Una idea descabellada cruzó por su mente ebria. Y un autosatisfecho Susanoo se apresuró a ponerla en marcha. Tomo un puñal largo y afilado y se dirigió directamente a los establos del patio del palacio.

Exteriormente, el establo no era nada especial, un simple edificio sólidamente construido. Había caballos en las cuadras, entre los cuales estaba el favorito de Amaterasu: una bonita yegua plateada llamada Ginko con largas y bellas crin y cola.

… Tan pronto como Susanoo apareció en el hogar de los caballos, los animales se preocuparon inmediatamente. Los inteligentes animales se dieron cuenta enseguida: ese hombre no venía con buenas intenciones.

Entretanto, el hombre echó una mirada a los asustados animales y, al encontrar con la vista a Ginko, se fue directo a ella. Al acercarse, la yegua relinchó alarmada.

—Buena chica, todo va bien… —le «aseguró» el visitante, acercándose cada vez más.

Se deslizó hasta la yegua favorita de su hermana y la tomó con fuerza por la crin. El animal volvió a dejar escapar un relincho de temor, pero Susanoo no iba a dejarla escapar. Sacó de la funda el puñal que había traído consigo y… empezó a cortar la bella crin plateada del caballo.

Mechón a mechón, la crin cayó al suelo. La cola siguió a la crin…

Cuando Susanoo acabó el corte de pelo, el caballo favorito de Amaterasu se parecía más a un caballo calvo de la más pobre tribu local.

Tras ver lo que había hecho, el hombre estalló en carcajadas:

—¡Mi hermana se enfadará cuando lo vea! ¡Se lo merece! ¡No quiere casarse conmigo! ¡No quiere compartir su poder conmigo!

Entretanto, Ginko golpeteaba el suelo con sus cascos delanteros y resoplaba.

Susanoo, después de admirar un rato más el resultado de su trabajo, abandonó el establo entusiasmado. Se le ocurrían nuevas ideas aún más desagradables.

***

El hermano de Amaterasu fue a un edificio anexo, del que tomó varios vasos de cerámica con tapas. Luego fue directamente al pozo negro donde se depositaban las heces de las letrinas. Cuando el pozo se llenaba, los sirvientes lo tapaban y cavaban uno nuevo junto a este.

… A medida que se acerca de su objetivo, Susanoo percibía el hedor de las heces, que cada vez era mayor. Los aromas y vapores de los excrementos llenaban el aire, atrayendo a moscas y escarabajos.

El hombre del clan Celestial se acercó al pozo negro resueltamente, ignorando el olor nauseabundo. Y llenó los vasos de cerámica que había traído con los contenidos del pozo…

—¡Mi hermana se enfadará si derramo las heces en sus aposentos! —dijo alegremente el achispado «malvado», dirigiéndose de nuevo al palacio.

Una sensación feliz de venganza llenaba su corazón mientras su imaginación dibujaba una grosera imagen de los aposentos manchados con heces.

***

Amaterasu, presa de la ansiedad, no abandonó su despacho. Ninguno de sus sirvientes podía encontrar a su hermano.

Finalmente, una de las jóvenes doncellas vio al señor entrar en los aposentos de la señora con unos vasos en las manos. Conociendo el mal carácter de Susanoo, la muchacha se apresuró a informar a Amaterasu.

La jefa del clan Celestial estaba seriamente confundida: ¿qué estaba haciendo Susanoo en sus habitaciones? ¿En qué demonios estaba pensando?

Tan pronto como Amaterasu entró en sus aposentos, su nariz percibió inmediatamente un hedor horrible. Por unos segundos, la jefa del clan Celestial se quedo parada entre las particiones correderas asombrada: ¡toda la habitación estaba cubierta de excrementos! Feas manchas marrones eran visibles en muebles, pantallas, paredes y suelos…

No cabía duda de que había sido Susanoo quien lo había hecho. Pues él, satisfecho con ello, había caído en un ruidoso sueño en medio de la habitación. Los vasos vacíos se encontraban junto a él.

... La jefa del clan Celestial contempló durante un rato más la fea imagen que tenía ante sus ojos. Recuperándose, lanzó un grito de enfado:

—¡¡¡Susanoo!!! ¡¡¡Bastardo!!!

—Ah... ¿qué? —preguntó el culpable en sueños e inmediatamente volvió a roncar dulcemente.

Con los gritos de la señora, sirvientes, doncellas y otros miembros del clan Celestial llegaron a la carrera. Vieron con horror a la enfurecida señora y los desagradables resultados de la acción de su hermano. Todos se quedaron paralizados, incapaces de pronunciar palabra alguna. Susanoo nunca había actuado de un modo tan irrespetuoso con su hermana mayor.

El silencio fue roto repentinamente por un palafrenero que llegaba corriendo. Era un *ainu* acomodado de mediana edad que había dedicado la mayoría de su vida a cuidar los caballos del clan.

Cayó inmediatamente de rodillas delante de la gobernadora y murmuró incoherentemente:

—¡Mi señora! ¡Ginko! ¡Juro que no he sido yo! ¡No puedo imaginar quién ha podido hacer algo así a vuestro caballo!

—¿Qué le ha pasado a mi caballo? —Amaterasu se olvidó de la deprimente imagen que reinaba en sus habitaciones.

—Sus bellas crines y su cola... —casi sollozó el palafrenero.

Temiendo lo peor, la mujer corrió hacia su caballo.

Al llegar al establo, la jefa del clan Celestial vio confirmados sus temores. La bella Ginko parecía un caballo calvo de una tribu de mala muerte.

—Mi caballo... Seguro que esto también es obra de Susanoo... —sollozó Amaterasu desolada.

La animadversión nubló los ojos de la señora. ¡Quiso hacer que su odiado hermano fuera despedazado por bestias salvajes! ¡Había sobrepasado todos los límites! ¡Había embarazado a sus doncellas, llenado sus aposentos con heces y esquilado a su querido caballo! ¡Todo lo anterior, comparado con esto, parecía un juego de niños!

Al darse cuenta de que no quería ver a nadie ni escuchar nada, la mujer se dirigió rápidamente al hangar donde se guardaban los pájaros de hierro. A pesar de todos los ruegos de su séquito de que se calmara y se repusiera, Amaterasu sacó resueltamente del hangar al pájaro de metal, se subió a él y después de unos pocos momentos ascendió al cielo.

Al atardecer, los miembros del clan Celestial estaban inquietos: su señora y gobernadora aún no había vuelto a Ashihara.

Finalmente, al amanecer, el herrero y mecánico Amatsumara y Ame-no-Uzume, una fiel amiga de Amaterasu, salieron en su busca. Se sentaron en el pájaro de hierro y despegaron. Ame-no-Uzume conocía el lugar en que se escondía su señora: una gruta en la costa de la isla de Honshu.

Desde lo alto vieron el dispositivo volador de Amaterasu e inmediatamente empezaron a descender. La gobernadora había pasado una noche sin dormir en la gruta, con los ojos enrojecidos por las lágrimas. Los sonidos característicos del mecanismo llegaron a sus oídos y salió del lugar en que se escondía.

Al ver a sus compañeros de tribu, Amaterasu, sin contener sus sentimientos, empezó a compartir con ellos sus emociones. Cuando se calmó un poco, Amatsumara y Ame-no-Uzume se mostraron de acuerdo en que Susanoo estaba causando demasiados problemas y en que el consejo del clan debía reunirse para decidir su futuro. Después de lo cual convencieron a Amaterasu para que volviera a Ashihara.

Amaterasu, Amatsumara y Ame-no-Uzume volvieron a casa sanos y salvos. Al día siguiente, se reunió el consejo del clan para tratar sobre Susanoo.

Amaterasu se presentó ante el consejo como acusación. Hizo un discurso largo e irritado, pero su hermano no parecía preocuparse en absoluto. Se presentó ante el consejo con insolencia y confiado. Ni siquiera los miembros más tranquilos y sabios del consejo podían contener su irritación.

El consejo llegó a una dura decisión unánime: desterrar a Susanoo de Ashihara, permitiéndole abandonar el pueblo sobre un pájaro de hierro. Y también se le permitía llevarse una espada ardiente para defenderse.

El consejo también decidió que cuando los hijos de las doncellas nacieran, junto con sus madres, permanecerían en el clan hasta ser adultos. Después, los hijos de Susanoo tomarían sus propias decisiones: quedarse en Ashihara o irse a la tribu de sus madres.

***

Desterrado del clan, Susanoo se dirigió a Izumo sobre su pájaro volador.

Durante varios días, vagó por la zona. A veces visitaba los pueblos, donde se le llamaba el «Dios del Mar y las Tormentas». Los lugareños, al ver sus extrañas ropas, el pájaro de hierro y la espada ardiente, le recibían con todos los honores.

El arma del clan Celestial no parecía distinta de una espada normal, salvo que la empuñadura estaba finamente labrada y la hoja de doble filo estaba cubierta con unas letras misteriosas. Pero si el dueño presionaba la Piedra roja que había en la empuñadura, la hoja inmediatamente mostraba un brillo escarlata mortal que destruía todo a su paso.

… Vagando en torno a Izumo, Susanoo llegó a uno de los pueblos, cuyos alrededores le parecieron vagamente familiares. «Cerca de aquí está el lago junto al cual estrellé una vez mi pájaro de hierro…», recordó.

La última vez el hombre del clan Celestial no tuvo ningún contacto con los lugareños. Pero ahora estaba armado y completamente acostumbrado a su imagen del «Dios del Mar y las

Tormentas». Así que, después de pensarlo, Susanoo fue a ver a esa gente.

A lo lejos se veían unos cobertizos bajos, propios de los asentamientos de los colonos del reino de Shang. No muy lejos del grupo de construcciones, el hombre vio a un anciano con una anciana. Lloraban amargamente, abrazando estrechamente a una joven.

Susanoo no pudo resistir la curiosidad y, aproximándose, les preguntó:

—¿Quiénes sois? ¿Y por qué lloráis?

El anciano se enjugó las lágrimas con el dorso de la mano y, tratando de controlarse, dijo con voz temblorosa:

—Somos de esta zona… Mi nombre es Ashinazuchi y esta —Señaló a la anciana— es mi esposa Tenazuchi… —Ashinazuchi dejó escapar un amargo sollozo y añadió—: Y esta es una nuestra querida hija única, Kushinadahime…

Susanoo miró con interés a la joven. Parecía tener unos quince años y era milagroso lo bella que era, a pesar de sus primitivas ropas de pieles. Tenía una larga cabellera sedosa adornada con conchas y flores. Alrededor del cuello llevaba un collar primitivo fabricado con dientes de pequeños animales. La muchacha estaba pálida y evidentemente asustada por algo.

Últimamente el hombre del clan Celestial sentía debilidad por las muchachas terrenales y apreciaba su atractivo.

—¿Por qué lloráis? —volvió a preguntar Susanoo. Los pensamientos más lúgubres se agolpaban en su cabeza: ¿acaso alguien se había atrevido a ofender a una persona tan bella como Kushinadahime?

Pero la suposición del «Dios del Mar y las Tormentas» no se vio confirmada, pues el padre de la muchacha le dijo:

—Lloramos, maestro, por el hecho de que ha aparecido por aquí un monstruo terrible, una enorme serpiente. En los pueblos cercanos, la gente la llama Yamata no Orochi… Apareció por primera vez hace cuatro inviernos… Al principio, los cazadores dijeron haber visto una serpiente enorme cerca de un lago forestal. ¡Ahora el monstruo ha adquirido proporciones gigantescas! ¡Y aproximadamente una vez cada tres lunas ataca nuestras poblaciones y devora gente! Entonces los chamanes se reunieron en un consejo y decidieron: el espíritu del bosque reclama sacrificios humanos y por eso ha enviado una bestia terrible. ¡Y los chamanes nos han ordenado que, cada tres lunas, le sacrifiquemos a un joven o una joven de cada pueblo! Y esta vez en el sorteo le ha tocado a Kushinadahime…

«Probablemente una serpiente de agua mutó después de que me estrellara cerca del lago… El combustible radiactivo cayó al agua…», supuso Susanoo. «Y una vez cada tres lunas, aparece para alimentarse… Ya se sabe que los reptiles digieren la comida por mucho tiempo… El monstruo ataca a la gente, pero ahora no necesita cazar en absoluto, pues le llevan jóvenes como corderos al matadero».

Miró de nuevo a Kushinadahime. La pobre criatura se veía pálida y asustada.

Susanoo se irguió y dijo:

—¡Soy Susanoo, Dios del Mar y las Tormentas, hermano menor de la gran diosa Amaterasu! ¿Si derroto a Yamata no Orochi, me daréis la mano de vuestra hija?

Ashinazuchi y Tenazuchi se miraron significativamente. Parecía que solo ahora habían advertido las extrañas ropas del hombre, que les impresionaban.

—¡Sí, maestro, por supuesto! —exclamaron—. ¡Lo consideraríamos un gran honor!

—Dadme todo el licor que podáis y esperad…

***

Susanoo estaba sentado bajo un árbol frondoso cerca del lago forestal. Junto a él había un jarrón de cerámica con licor. Y una bandeja llena de comida.

Rio entre dientes, recordando las caras sorprendidas de los ancianos. ¡Se habían creído que era para luchar contra la serpiente! En realidad, el hombre del clan Celestial pensó simplemente que no sabía cuándo iba a aparecer el monstruo. ¡Y el bosque es tan aburrido! ¿Qué hacer? Lo único que le quedaba era beber licor.

Susanoo bebía lentamente el licor del jarrón. Permaneció así hasta última hora de la tarde. Finalmente, su «trabajo» se vio recompensado: la superficie del lago tembló y apareció la cabeza de una serpiente gigante.

«¡Qué enorme! No tenía idea de que una vulgar serpiente de agua podía mutar así en solo unos pocos años...» Susanoo estaba sorprendido.

Sin embargo, no tuvo mucho tiempo para pensar. La serpiente lo miraba fijamente sin parpadear con sus ojos amarillos. Estaba claro que el reptil lo había tomado equivocadamente como una presa y pretendía tener una comida satisfactoria.

Susanoo sacó su espada ardiente de la vaina y se lanzó velozmente contra el depredador. Un rayo escarlata surgió de la hoja y el «Dios del Mar y las Tormentas» cortó diestramente la cabeza de la serpiente. La cabeza del reptil cayó al suelo. El cuerpo se agitó varias veces en su agonía y se desplomó en medio de un charco de sangre.

Durante unos momentos, el hombre miró pensativamente el cadáver del gigantesco reptil, reflexionando sobre el hecho de que el combustible de los pájaros de hierro no fuera en modo alguno bueno para la flora y fauna locales. Y de que podía causar mutaciones irreversibles.

Susanoo tocó con cuidado los huesos visibles del monstruo. «Son lo bastante fuertes…», pensó para sí mismo el hombre del clan Celestial.

Desmembró el cadáver del mutante con la espada. Después de eso, cortó varias costillas y, tras lavarles la sangre en el lago, se las llevó consigo.

***

A la mañana siguiente, Susanoo volvió de nuevo al pueblo, donde se encontró con Ashinazuchi, Tenazuchi y Kushinadahime. La pareja ya le estaba esperando.

Al ver a la deidad, corrieron a encontrarse con él.

—Maestro, ¿habéis conseguido derrotar a Yamata no Orochi? —preguntó el anciano ansiosamente.

Y el hombre del clan Celestial, queriendo exhibirse delante de Kushinadahime, les contó una historia fantasiosa sobre su enfrentamiento con el mutante.

—¡Si, he derrotado a la terrible Yamata no Orochi! ¡Corté sus ocho cabezas!

—¿Ocho cabezas? —Toda la familia se horrorizó al unísono.

Susanoo continuó describiendo con ardor «la historia de su heroica victoria»:

—Tomé el licor que me disteis y construí una valla. En ella puse ocho puertas y delante de ellas construí ocho plataformas. Derramé algo de licor en todas las plataformas y empecé a esperar. ¡Y así apareció Yamata no Orochi! ¡Al oler el licor, empezó a lamerlo! Entonces la serpiente quedo emborrachada y cayó en un profundo sueño. ¡Y tomé mi espada y corté las ocho cabezas!

—¡Qué inteligente sois! ¡Os concederemos encantados la mano de nuestra hija! —exclamaron Ashinazuchi y Tenazuchi.

A Kushinadahime también le gustaba el joven «Dios del Mar y las Tormentas» y, sin dudarlo, aceptó ser su esposa.

Capítulo 4. Los pilares de la diosa del sol y el antiguo lapislázuli

Después de derrotar a Yamata no Orochi, Susanoo decidió construir un palacio digno de un dios para vivir con su esposa Kushinadahime. En busca de un lugar apropiado, recorrió todo Izumo hasta que llegó al área de Suga.

Allí construyó un modesto palacio. Gracias al pájaro de hierro y la espada ardiente, la construcción progresó bastante rápido. Y pronto Susanoo se estableció en su nueva casa con su joven esposa.

Entonces reclamó sirvientes de los pueblos cercanos, igual que había hecho su clan en Ashihara.

Después de un tiempo, Susanoo decidió visitar Ashihara y pedir al herrero Amatsumara que fabricara espadas con las costillas de Yamata no Orochi, que pretendía regalar a su hermana Amaterasu para reconciliarse.

Amatsumara no podía rechazar la solicitud del hermano de la gobernadora y fabricó tres maravillosas espadas con las costillas del gigantesco monstruo. Y Susanoo, como había planeado, se las dio como regalo a su hermana.

Amaterasu, que ya se había calmado e incluso echaba un poco de menos a su hermano (era aburrido estar sin sus payasadas en Ashihara), lo perdonó y aceptó esas armas tan inusuales. Las llamó a las tres igual: «Kusanagi no Tsurugi», que significa «Espada Cortadora de Hierba».

Susanoo volvió a sus posesiones en Izumo.

Poco después, Amaterasu ordenó a hábiles mecánicos erigir pilares en sus dominios con el fin de usarlos para observar la zona con la ayuda de espejos-dispositivos especiales del clan Celestial (Yata no Kagami), que empezaban a funcionar con la ayuda de collares de jaspe (Yasakani no Magatama).

Pero había un «pero». Para que los pilares funcionaran bien, hacía falta una fuente de energía. Amaterasu no quería usar los recursos del clan Celestial, pues tenían que protegerse. Por tanto, decidió buscar un material apropiado para crear una fuente de energía en la Tierra. Solo tenía que decidirse: ¿cuál era la mejor forma de disponer de los recursos energéticos naturales para conseguir la máxima eficiencia?

La respuesta vino de un lugar completamente inesperado. Amaterasu recibió noticias de su padre, Izanagi, que se había retirado a vivir en los bosques de las tierras de Izumo después de la muerte de su esposa Izanami.

Un buen día, voló a Ashihara sobre su pájaro de hierro (era algo que hacía pocas veces) y después de intercambiar los saludos formales con todos, dijo a su hija mayor:

—Amaterasu, ¡he encontrado algo asombroso en los bosques de Izumo donde vivo!

—¿Y qué es, padre? —preguntó perpleja: ¿qué podía haber tan asombroso en el bosque?

—Últimamente, he estado examinando con más cuidado el bosque en el que vivo con las herramientas de nuestro clan Celestial. Y los instrumentos mostraban que en un lugar, dentro de la tierra, hay una cavidad. Y en esta cavidad hay una piedra enorme…

—¿Una piedra enorme? —La diosa no entendía lo que le quería decir su padre.

—¡Exactamente! Retiré con cuidado la capa superior del suelo y encontré que la cavidad dentro de la tierra estaba pavimentada, como si fuera algún tipo de santuario antiguo. Y la enrome piedra de su interior se parecía mucho a un lapislázuli.

—¿Un lapislázuli? —preguntó Amaterasu. Y entonces se le vino una idea a la cabeza—: ¿Es el santuario subterráneo con el lapislázuli que se menciona en las crónicas de la antigua gobernadora Ori?

—Aparentemente lo es —asintió Izanagi—. ¡Incluso tiene un agujero redondo, tal y como dice la historia de Ori!

—Es asombroso… —fue todo lo que la diosa pudo decir—. Padre, ¡eso es algo realmente asombroso!

—Y una cosa más —añadió Izanagi—, esta piedra parece lapislázuli terrenal, pero no lo es.

—¿Qué quieres decir? ¿Fue realmente llevado allí hace miles de años por uno de nuestros antepasados? ¿O lo trajo gente de otro clan Celestial de otro planeta?

—Es imposible que conozcamos la verdad. Es posible que tu suposición sea correcta. Es posible que esta piedra cayera en su momento sobre la Tierra como un meteorito. Y es posible que sea solo un producto extraordinariamente raro de las entrañas de este planeta. —Fue la respuesta—. Pero algo que sé con seguridad es que esa piedra es una enorme fuente de energía.

Amaterasu se quedó paralizada por un momento. Había tenido una idea…

—¡Energía! ¡Precisamente estoy buscando una fuente de energía que haga que funcionen ininterrumpidamente los portales con los que vigilaré mis tierras! ¡Tal vez la piedra que parece lapislázuli me pueda ayudar en ello!

Y, sin pensarlo dos veces, la diosa, junto con su padre y varios hábiles expertos, reunieron todas las herramientas necesarias y acudieron a inspeccionar la misteriosa piedra. Como la naturaleza exacta de su origen seguía siendo desconocida, los miembros de clan Celestial decidieron llamarla sencillamente «lapislázuli», ya que se parecía a este.

… Amaterasu, Izanagi y los expertos del clan Celestial llegaron enseguida al lugar exacto del bosque. Examinaron cuidadosamente el antiguo santuario subterráneo. Estaba lejos de estar en perfecto estado: la albañilería era basta y las piedras estaban cubiertas por el tiempo y la humedad. Pero en el centro, en un enorme altar de piedra, estaba el gran lapislázuli. Y en el centro del lapislázuli estaba el agujero redondo. Junto al lapislázuli había una piedra cilíndrica cuya forma coincidía claramente con el tamaño del agujero.

—No cabe duda de que este es el mismo santuario de la historia de la antigua gobernadora Ori —resumió Amaterasu. Todos los presentes se mostraron de acuerdo.

Miraron con cuidado a su alrededor. Los expertos del clan Celestial analizaron cuidadosamente el lapislázuli y concluyeron:

—No podemos saber el verdadero origen de esta piedra. ¡Pero es verdad que sus reservas de energía son enormes! Podemos levantar el lapislázuli del altar, hacer incisiones en el este y colocar dispositivos especiales. Luego podemos devolver al lapislázuli a su lugar original. Los dispositivos colocados bajo el lapislázuli transferirán su energía a las torres de pilares que pretendéis construir.

—Y una cosa más, mi señora —añadió uno de los expertos—. La piedra cilíndrica que está junto al lapislázuli contiene una enorme concentración de energía. Creo que tenéis que llevárosla consigo para poder usarla como fuente de energía de respaldo si es necesario.

—Tal vez lo haga —admitió Amaterasu—. Y también tenéis que reparar la albañilería del santuario subterráneo, pues si no puede haber un derrumbamiento que cubra con tierra el lapislázuli y todo el santuario.

Los expertos estuvieron de acuerdo con Amaterasu. Pero antes de que tuvieran tiempo de empezar a trabajar, oyeron tras ellos una voz femenina desconocida:

—¿Quiénes sois? ¿Por qué me habéis despertado de mi largo sueño?

Dándose la vuelta, vieron a una muchacha desconocida con ojos y ropas azules. Estaba claro que se no parecía una mujer de las tribus locales. «¿Es de otro clan Celestial?», se le ocurrió a

Amaterasu. De repente, tuvo un presentimiento: «¡Ojos y ropas azules! ¿Es la misma Ruri de la historia de la antigua gobernadora Ori?»

Como si confirmara sus pensamientos, la extraña dijo:

—Soy Ruri, el espíritu del lapislázuli sagrado. He dormido en paz en este lugar durante muchos miles de años. Quería esperar al renacimiento de mi señora para encontrarme de nuevo con ella. Pero ahora el futuro de mi señora no es accesible para mí... Aparentemente, no volverá pronto a este mundo...

Los miembros del clan Celestial miraban a Ruri con los ojos muy abiertos, incapaces de creer lo que estaban oyendo.

—¡El espíritu del lapislázuli, la señora Ruri! —dijo Amaterasu tras ser la primera en recomponerse—. Soy Amaterasu, la jefa actual del clan del río Celestial, que llegó a esta Tierra hace más de medio siglo. Quiero proteger mis posesiones y construir torres de pilares para ver todo lo que pasa en mis tierras. Así que estaba buscando una fuente de energía...

Y contó a Ruri sus planes de usar el lapislázuli como fuente de energía para las torres de pilares. El espíritu del lapislázuli la escuchó atentamente y dijo:

—Bueno, que así sea. Mi señora también quería proteger estas tierras. Así que si con mi ayuda podéis vigilar vuestras tierras, que así sea... No me va a hacer daño. Luego caeré dormida de nuevo para esperar el renacimiento de mi señora. Mientras duerma, las torres de pilares funcionarán. Y una cosa más: el lapislázuli cilíndrico que se encuentra junto a la piedra sagrada es la fuente principal de mi poder. Lleváoslo, Amaterasu, y guardadlo en lugar seguro. No puedo ver mi futuro, pero puedo ver el futuro de este lugar: en diez años habrá aquí lluvias torrenciales. El techo del santuario subterráneo empezará gotear. Un pequeño lapislázuli caerá al suelo bajo el influjo del agua. Y gradualmente se filtrará en el subsuelo bajo, escondido entre las rendijas de la construcción. No sé cuánto tiempo dormiré, así que no sé lo profundo que estará el lapislázuli en el subsuelo. Así que, cuando llegue el momento, reclamaré el lapislázuli a vuestros descendientes.

—Lo guardaré, señora Ruri —afirmó Amaterasu—. Y mis descendientes os darán el lapislázuli cilíndrico.

—Entonces puedo volver a dormirme… —Y con eso, Ruri desapareció delante de los atónitos miembros del clan Celestial.

Cayo inmediatamente en un largo sueño de varios siglos. El espíritu del lapislázuli no conocía su futuro, así que no sabía que el destino le jugaría una mala pasada. Cuando la Doncella Celestial Haruka despertara a Ruri en un futuro lejano, el espíritu del lapislázuli sencillamente olvidaría que había pedido a Amaterasu proteger la pequeña piedra de lapislázuli, la fuente de su poder. Por desgracia, algunas veces ni siquiera los espíritus son omnipotentes y olvidan cosas…

***

Los expertos del clan Celestial habían restaurado con éxito el santuario subterráneo y colocado dispositivos especiales en las incisiones que habían hecho en el altar de piedra. Sobre estos colocaron de nuevo el lapislázuli. Después, «sellaron» otra vez el santuario subterráneo. A partir de entonces, solo una persona con conocimientos podría encontrar el santuario.

Las torres de pilares de Amaterasu se construyeron enseguida. Como fuente de los poderes del espíritu de Ruri, la diosa ordenó al artesano que dividiera la piedra cilíndrica en varias piezas. Después de pulir estas partes, Amaterasu ordenó que las piedras de lapislázuli resultantes se insertaran en collares especiales de jaspe. Con la ayuda de uno de los collares y un espejo especial, Amaterasu se podía «comunicar» con las torres de pilares y monitorizar constantemente sus tierras. Amaterasu planeó dar el resto de los collares a sus fieles ayudantes, de forma que durante los vuelos sobre pájaros de hierro «alimentaran» el mecanismo con su energía.

El espíritu del lapislázuli, la misteriosa Ruri de ojos azules, desapareció. Ningún miembro del clan Celestial la volvió a ver.

***

El tiempo transcurría inexorablemente. Los hijos de Miyu y Mayu, dos niñas engendradas por Susanoo, se hicieron mayores de edad. Los hijos de Amaterasu (también engendrados por Susanoo) también se convirtieron en adultos.

Uno de los hijos de Amaterasu se enamoró de su media hermana, la hija de Miyu. Y quisieron abandonar Ashihara para expandir la influencia del clan sobre las tribus locales. Se asentaron en la tribu *ainu*, de donde provenía Miyu.

Amaterasu regaló a los recién casados tres símbolos de poder: el espejo y la espada forjada de con la costilla de la serpiente y también les confió el collar de jaspe con el lapislázuli de la señora Ruri y les ordenó que lo guardaran. Después de eso, abandonaron Ashihara.

La hija de Miyu y el hijo de Amaterasu se convirtieron en los antepasados de los líderes de la tribu *ainu* de donde provenía Sen, la madre de Himiko. De hecho, fueron capaces de conservar con éxito el collar de jaspe y lapislázuli.

Pasaron más de mil años. La vida y el origen del clan Celestial se convirtieron en leyendas. Pero los signos del poder continuaron existiendo e Himiko la del Rostro Dorado los heredó.

… Las dos restantes espadas, espejos y collares tuvieron un destino diferente. Quinientos años después, Jimmu, el tataranieto de Amaterasu, recibió los tres símbolos del poder. Jimmu fue a la isla de Honshu, donde fundó su estado.

(El emperador Jimmu es un desdendiente de la diosa Amaterasu. Según la leyenda, Jimmu nació en el año 711 a. de C. y murió el 585 a. de C. Se le considera el primer emperador de Japón).

Los tres símbolos fueron pasando en la familia de generación en generación, como los regalos legendarios de la diosa Amaterasu.

(Los tesoros imperiales de Japón, también conocidos como los Tres Tesoros Sagrados son: el espejo Yata no Kagami, la joya Yasakani no Magatama y la espada Kusanagi no Tsurugi. Simbolizan la sabiduría, la benevolencia y el valor. Según la leyenda, fueron entregados por la diosa Amaterasu a su nieto Ninigi-no-Mikoto y este se los entregó a su nieto Jimmu, el primer emperador del Japón).

… Los últimos tres símbolos del poder permanecieron en Ashihara. Con el paso del tiempo, el asentamiento entró en decadencia. La población empezó a degenerar gradualmente. Posteriormente, los descendientes del clan Celestial se mudaron a los bosques de las tierras de Izumo, donde fundaron un asentamiento oculto. Por caprichos del destino, su asentamiento escondido estaba ubicado encima del mismo santuario subterráneo en el que Amaterasu se había encontrado con la señora Ruri. Y en este asentamiento nacería Haruka en el futuro. Yata no Kagami, conservado por los descendientes, acabó perdiendo sus propiedades y convirtiéndose en un simple espejo…

Parte 2. El clan Celestial perdido en las profundidades de los siglos

Capítulo 1. La señora Ori

Hace nueve mil años…

Era un maravilloso día de verano. Ese año el verano resultó ser extremadamente fructífero: ni frío, ni tampoco cálido. Llovió la cantidad justa.

Los adivinos de la corte del clan del Río Celestial calificaron unánimemente a esto como un buen augurio. La razón de ello era la ascensión al trono del nuevo gobernante Tei.

El clan Celestial había llegado a la Tierra hace más de mil años, desde un lugar lejano más allá del río Celestial. Se establecieron en el archipiélago al haber fundado la capital en la isla de Honshu, pero después de un par de siglos acabaron perdiendo el contacto con su lejano hogar ancestral.

El paso del tiempo no perdonó a nadie, barriendo todo a su paso. Así que, a lo largo del milenio, el clan Celestial perdió la mayoría de sus conocimientos y tecnología. Los miembros de clan se convirtieron en muchos sentidos en gente ordinaria mortal. También perdieron su asombrosa longevidad, porque se mezclaron gradualmente con terrícolas mortales de las tribus locales. Pero los miembros del clan Celestial seguían manteniendo registros en papeles atemporales, guardando diligentemente el secreto de su fabricación.

… Este año, el gobernador Tei había cumplido treinta y cinco años. Para los patrones humanos, era un hombre sabio por su experiencia vital.

El nuevo gobernador tenía una esposa hermosa, cuyo nombre era Ori. Era una mujer joven de veinticinco años, extremadamente atractiva en su apariencia, con largos cabellos negros. Su padre era sobrino nieto de uno de los gobernadores anteriores. Y su madre provenía de una familia aristocrática.

Es decir, el actual gobernador y su joven esposa tenían una lejana relación familiar. Pero eso se consideraba aceptable, porque los miembros del clan Celestial a menudo se casaban entre sí, incluso entre hermanos. Además, los astrólogos y adivinos en su momento habían determinado la compatibilidad de los futuros esposos mediante horóscopos y habían llegado a la conclusión de que eran perfectos el uno para el otro.

Y en ese momento Ori y el gobernador Tei llevaban casados tres años. Durante este tiempo, la mujer había demostrado que no solo era una belleza extraordinaria, sino también inteligente y sabia.

¡Oh, cómo deseaba tener el poder en sus manos y gobernar el país en el futuro sin su marido! Pero solo eran sueños.

Antes de que su marido ascendiera al trono, vivían en una rica propiedad. Pero este año había muerto el anterior gobernador. Más bien, lo habían envenenado. Tei, hambriento de poder, estaba detrás del envenenamiento. Ori también ansiaba el poder, pero no lo quería conseguir matando. Tei actuó sin su conocimiento. Y esta circunstancia preocupaba mucho a Ori. Los pensamientos llenaban su cabeza: «¿Y si mi marido no confía en mí? Puede envenenarme y hacer de una de sus concubinas su esposa legal. Le resultaría útil, pues una antigua concubina no interferiría en los asuntos de estado… Pero tiene que contar conmigo… Por supuesto, no fue mi marido el que puso el veneno en persona, alguien lo hizo por él. Alguien más astuto se esconde detrás de mi marido. Pero ¿quién es? Estoy confusa…»

El nuevo gobernador y su esposa llegaron al palacio de la isla de Kyushu. Y Ori usó inmediatamente todas sus habilidades de interpretación. Puso sus ojos en blanco, imitando un trance como un chamán mortal. Y dijo con un tono de voz sobrenatural:

—¡Soy la Diosa Guardiana de estas tierras! ¡He entrado en el cuerpo de la esposa del gobernador Tei para que todos puedan oír mi voz! ¡Resistid contra el Reino Lunar, esa es mi voluntad!

(A lo largo de los mil años vividos en la Tierra, los miembros del clan Celestial se habían vuelto muy supersticiosos y habían adoptado algunas de las creencias de las tribus locales, incluyendo la abstracta Diosa Guardiana.

El Reino Lunar estaba ubicado en la península en la que, muchos siglos después, surgirían los primeros estados coreanos. El Reino Lunar había sido fundado cinco mil años antes por extranjeros provenientes del río Celestial. Llegaron a la Tierra desde un hogar ancestral distinto del de los antepasados de Ori. El planeta nativo de los extranjeros que fundaron el Reino Lunar se vio arrasado por largas guerras civiles, así que no mantuvieron contacto con él. Como consecuencia, perdieron gradualmente su tecnología, incluso antes del clan de Ori. Sin embargo, su país seguía siendo considerado como rico y desarrollado, incluso para los estándares contemporáneos del clan de Ori).

… Ori, tras declararse la Diosa Guardiana, cayó al suelo delante de la atónita nobleza de la corte y, fingiendo magistralmente impotencia, preguntó con voz débil:

—¿Qué ha pasado? Por un momento, mi mente parecía estar cubierta por un velo y mi cabeza daba vueltas.

Los cortesanos murmuraban entre ellos y los astrólogos y adivinos, para no perder su autoridad, lo confirmaron: la Diosa Guardiana de estas tierras había «entrado» en la reina.

Pero el nuevo gobernante reaccionó con desconfianza a las palabras de su esposa.

—La Diosa Guardiana no ha dicho exactamente cuándo tenemos que enfrentarnos al Reino Lunar. Así que la campaña militar tendrá que esperar.

Ori, fingiendo debilidad, pidió a las cortesanas que la acompañaran a sus aposentos. Por el camino, la mujer pensó: «Me ganaré el favor de cortesanos, ministros y consejeros. Tengo que hacerlo. No confío en mi marido. Debo tener cuidado. Y si mi marido planea deshacerse de mí, le será difícil conseguirlo... Debo adelantarme...»

Al mismo tiempo, su cara expresaba un tormento tan increíble que las cortesanas estaban gravemente preocupadas con respecto a la salud de la nueva señora. Pero cuando llegó a sus aposentos, la reina las convenció de que solo necesitaba descansar y las hizo salir.

Se tumbó en el futón y empezó a pensar. De repente, recordó que había oído a una de sus doncellas hablar del santuario forestal subterráneo de las tribus locales que vivían cerca del bosque. Había oído que en el santuario había un enorme y bello lapislázuli, que era adorado por la gente. Y a alguna gente que rezaba sinceramente al lapislázuli sus deseos más secretos se hacían realidad al contárselos a la piedra.

Y entonces a la mujer se le ocurrió una idea audaz.

***

La reina Ori fue a ver a su marido, el gobernador Tei. Este estaba en su despacho. El gobernador, además de su esposa, tenía varias concubinas jóvenes. Y una de ellas había dejado extremadamente cansado al gobernador esa noche.

Pero, a pesar de la fatiga, al nuevo gobernador le estaban esperando literalmente montañas de documentos que requerían su atención. Así que trataba de trabajar dominándose. Había algunos pergaminos que había aprobado con su sello y otros que había echado decididamente a un lado. El nuevo gobernador cumplía a regañadientes con sus tareas y planeaba trasladárselas completamente a los hombros de ministros y consejeros. Él mismo pretendía dedicarse a las concubinas, la caza, las fiestas y a veces mostraba signos de atención hacia su esposa legal. Aunque en el fondo de su corazón el nuevo gobernante se veía obligado a admitir para sí mismo que su esposa le había estado molestando últimamente. Incluso estaba empezando a pensar en cómo hacer de su querida concubina su segunda esposa legal junto a la primera. ¿Tal vez tenía que emitir la ley correspondiente? ¿Quién se atrevería a oponerse a su voluntad?

El hombre se vio distraído en el lento proceso de trabajo por la voz de un sirviente detrás de la partición corredera:

—Mi señor, vuestra esposa ha venido a veros.

«¿Qué puede necesitar mi esposa?». Estaba preocupado, sabiendo que su esposa no actuaba así. «¿Ha pasado algo?»

—Haz que entre la reina.

La partición corredera se hizo a un lado inmediatamente y la señora Ori apareció ante el gobernador. Entró con decisión en el despacho y, después de intercambiar cortesías formales con su marido, fue directamente al grano.

—He oído a las doncellas que la misma Diosa Guardiana de estas tierras habló a través de mis labios.

—Sí, así es. —El gobernador suspiró—. La diosa dijo que debíamos ir a la guerra contra el Reino Lunar. Sin embargo, no especificó cuándo deberíamos hacerlo. Creo que nuestro país aún no está preparado para esas acciones. Pero pronto haremos lo que la diosa ha ordenado.

—¿Dudas de las palabras de la diosa? —La reina frunció el ceño—. ¿No temes incurrir en su ira?

Ori provocaba deliberadamente a su marido. Sabía que era una persona indecisa y no se atrevería a iniciar una campaña militar. Quería debilitar su autoridad ente los cortesanos, ministros y oficiales.

—¡No dudo de las palabras de la diosa! —respondió inmediatamente el hombre. ¡Era impensable dudarlo! En voz alta, dijo—: Me limito a suponer que la Diosa Guardiana no quería decir que nuestro ejército necesite iniciar urgentemente una campaña. Sigo teniendo mucho que hacer para reforzar mi poder y, cuando lo haga, por supuesto que cumpliré con los deseos de la diosa. Después de todo, acabo de subir al trono.

—Entiendo. —Ori no discutió—. En ese caso, quiero pedirte permiso para dejar el palacio.

—¿Por qué? —El gobernador abrió mucho los ojos con un sincero desconcierto— ¿Están las tribus salvajes atacando de nuevo nuestras tierras? ¡Nadie me ha dicho nada!

Las tribus salvajes habitaban la parte meridional y central de la isla desde tiempos antiguos. Igual que las tribus amistosas hacia el clan Celestial, adoraban al oso, una bestia fuerte y formidable. Pero lo salvajes no honraban a la Diosa Guardiana.

Cada cierto tiempo, las tribus salvajes atacaban los dominios del clan Celestial y a sus tribus amigas en la isla. Y cundo Ori y Tei vivían en su propiedad, localizada en otra parte de la isla, los salvajes les causaban muchos problemas.

Un buen día, el futuro gobernador siguió a regañadientes el consejo de su esposa y de su comandante militar, reunió sus fuerzas armadas e inició una campaña contra los salvajes. Ori también siguió a su marido y tomó parte en la batalla. Al ser una persona hábil en el manejo de la espada, se vistió con ropas masculinas y luchó junto a los demás guerreros. Otras armas (así como los pájaros de hierro) se habían perdido en las brumas del tiempo por parte del en su momento poderoso clan del río Celestial.

El hecho de que la princesa Ori y el príncipe Tei estuvieran luchando junto a ellos aumentó la moral de los soldados del clan Celestial. Y los hostiles salvajes fueron derrotados.

Pero en esa parte de la isla donde estaba ubicada la capital del clan Celestial no había casi tribus enemigas.

… Entretanto, Ori respondió a la pregunta de su esposo.

—He oído que las tribus amistosas que viven cerca de los bosques tienen un lapislázuli asombroso. Si le rezas y pides algo, esto se cumple. Así que quiero rezar por el bienestar de nuestras tierras y nuestro clan.

—No creo que eso empeore las cosas. Si quieres ir a rezar, puedes ir con los salvajes del bosque —aceptó el gobernador.

—Gracias —replicó bruscamente la reina.

***

Ese mismo día, Ori empezó a preparar su largo viaje. Cuando los sirvientes prepararon todo lo necesario, la señora de alta cuna partió. El camino, en su opinión, fue largo y cansado. Pero la mujer llegó a su destino sana y salva.

Las tribus amistosas que vivían cerca de los bosques de la futura Izumo eran pueblos pacíficos. Adoraban las fuerzas de la naturaleza, el bosque, el viento y el cielo. Daban culto al oso y a la Diosa Guardiana. Pero su mayor orgullo y reverencia eran para una enorme piedra de lapislázuli.

Ninguna de estas tribus recordaba cuándo había aparecido exactamente el lapislázuli sagrado. Lo único que sabían era que el santuario subterráneo en el que estaba la piedra había existido desde tiempo inmemorial. Y todos los días alguien de la tribu venía a rezar al lapislázuli maravilloso. Los miembros de la tribu afirmaban que el lapislázuli cumplía los deseos de la gente. Algunos habían sugerido que el lapislázuli sagrado había adquirido su propia alma.

Si alguien del clan Celestial quería rezar al lapislázuli, a las tribus amistosas no les importaba. El camino al santuario subterráneo estaba abierto a cualquiera con intenciones pacíficas.

Por tanto, cuando la misma reina Ori llegó con un magnífico séquito a ofrecer sus oraciones a la antigua reliquia sagrada presentando ricos regalos al jefe de la tribu, un hombre corpulento de mediana edad, fue conducida al santuario sin problemas.

Así que la mujer se quedó en pie delante de los grises escalones de piedra que llevaban al santuario subterráneo.

—El lapislázuli sagrado está abajo, radiante señora —dijo el jefe, que se había ofrecido personalmente a acompañar a la reina—. Si lo deseáis, podéis entrar en el santuario.

Ori asintió y, por si acaso, pidió a dos soldados que la acompañaran. Y bajó con ellos los escalones de piedra.

Allí apareció ante sus ojos una espaciosa sala subterránea. Estaba escasamente iluminada por la luz que entraba por el pasillo abierto. Pero incluso con poca luz se veía un altar de piedra en el que había un enorme lapislázuli verdaderamente bello.

«¡Ahora entiendo por qué hay tantos rumores sobre esta piedra!». La mujer estaba encantada.

Después de mirar cuidadosamente a su alrededor y asegurarse de que nada la amenazaba, despidió a sus escoltas:

—Iros y esperad arriba. Quiero estar sola.

—Pero, señora —contestó tímidamente uno de ellos— ¿cómo vamos a dejaros sola?

—No hay nadie más aquí y solo hay una entrada al santuario —respondió ella categóricamente—. Así que iros y esperadme arriba. Quiero ofrecer mis plegarias al lapislázuli sagrado.

Los soldados se miraron entre sí, pero obedecieron la orden de su señora. Ori se quedó a solas con la antigua reliquia.

Durante unos momentos, se quedó parada. Una especie de duda se apoderó de ella y sintió como si sus pies estuvieran enterrados en el suelo pavimentado con piedra.

Finalmente, la mujer respiró profundamente y se acercó al lapislázuli. Se inclinó ante él y puso sus manos sobre la piedra. Ori se dio cuenta inmediatamente de que mucha gente había rezado de esa manera antes que ella: la parte superior de la piedra tenía una ligera depresión, justo del tamaño de las palmas de las manos humanas.

—Lapislázuli sagrado —dijo suavemente la reina—, si puedes oírme, concédeme mi deseo: haz de mí la única gobernante del clan Celestial. Prometo que gobernaré con justicia y no oprimiré a las tribus de meros mortales que no nos sean hostiles. ¡Te ruego que me escuches, lapislázuli sagrado! A mi esposo le falta fuerza de voluntad y no puede resistirse a las tentaciones. Y, si continúa gobernando, nos esperan problemas.

La reina hablaba sinceramente. Ella no había participado en la conspiración contra el anterior gobernador. Fue totalmente iniciativa de Tei.

En su momento, Ori se casó con él por cálculo. El príncipe Tei la cortejaba por algo más que su belleza. Ori provenía de una familia influyente. La princesa aceptó la propuesta de matrimonio. Calculó rápidamente: tenía todas las posibilidades de ganar influencia en la corte. Al principio, ni siquiera esperaba convertirse en reina.

Pero inmediatamente después del ascenso de Tei al trono, Ori se dio cuenta de que él no sería un buen gobernador, pues su marido era débil de carácter y vanidoso y estaba sometido a la influencia de otros. Pero lo principal era que Ori no confiaba en su marido y temía por su vida. Sería mejor que el poder pasara a sus manos. La mujer confiaba en que podría mantener un equilibrio entre las tribus locales y gobernar sabiamente a su pueblo.

Ori rezó al lapislázuli sagrado durante bastante tiempo. Sus fieles soldados y el jefe de la tribu esperaron pacientemente a la mujer en el exterior. Ella misma estaba desgarrada por contradicciones internas: ¿se escucharían sus plegarias? ¿Le ayudaría la antigua reliquia a que sus sueños se hicieran realidad? ¿Y si estas eran simples invenciones y delante de ella, en el altar, solo había una simple piedra?

***

El lapislázuli del santuario subterráneo tenía su propio destino.

Hacía mucho tiempo, casi mil años antes, las tribus que habitaban estas tierras decidieron construir un santuario a la Diosa Guardiana. Temían al clan Celestial, que acababa de descender allí y aún no había perdido su tecnología. El chamán de la tribu, usando la adivinación mediante los huesos de un animal, eligió un lugar favorable. Y la gente decidió cavar allí un santuario subterráneo.

Pretendían colocar allí estatuas de piedra de su diosa para realizar sacrificios y llevar ofrendas: flores y plantas.

La gente empezó a cavar y pronto descubrieron una piedra enorme y bella. Parecía lapislázuli, aunque no lo era. Pero la gente no lo sabía, así que sencillamente consideraron que la piedra era lapislázuli.

El chamán dijo:

—Esta es una señal de que la Diosa Guardiana es clemente con nosotros. Quiere que adoremos este lapislázuli como parte de sí misma. Porque el lapislázuli viene de las entrañas de la tierra, a la que ella protege.

La gente apoyó la decisión del chamán y construyeron un santuario alrededor de la piedra. Pavimentaron con piedras la cueva y construyeron una escalera rudimentaria para bajar a su interior. Y el propio lapislázuli se colocó sobre una enorme losa de piedra labrada, que se convirtió en un altar.

Con el paso del tiempo, la apariencia del santuario subterráneo fue cambiando gradualmente, haciéndose algo más ordenado y la escalera de descenso se transformó en una más perfecta.

Y la gente fue olvidando gradualmente que al principio adoraban a la Diosa Guardiana en este santuario. Creían que ofrecían plegarias solo al lapislázuli sagrado.

La gente rezaba a la piedra durante tanto tiempo y tan sinceramente que el lapislázuli encontró su propia alma. De la parte superior de la piedra, que todos tocaban, al ser en el que más se rezaba y estar llenó de sentimientos y aspiraciones, nació una doncella, invisible a los ojos de los meros mortales.

Al principio era débil y no tenía mucho poder espiritual. Pero el tiempo pasó inexorablemente y con las oraciones humanas la doncella se hizo cada vez más fuerte.

Finalmente, llegó un momento en el que obtuvo el don de la presciencia y considerables poderes espirituales. La doncella del lapislázuli podía realmente cumplir con los deseos de la gente. Pero lo hacía de forma muy selectiva. Durante mucho tiempo estuvo convencida de que no podía simplemente cambiar en curso natural de los acontecimientos.

Ocurrió quinientos años antes, cuando una terrible sequía asoló las tierras de las tribus que adoraban el lapislázuli. Rezaron apasionadamente pidiendo lluvia y el espíritu de la piedra se apiadó de ellos y les envió lluvia.

Y la humedad celestial, que estaba destinada a otro lugar, llegó a sus tierras. En otra zona, la gente continuó sufriendo la sequía.

Cuando la doncella del lapislázuli se dio cuenta de esto, no volvió a cometer más errores. Y empezó a considerar el futuro: ¿sus acciones iban a afectar al mundo mortal?

Habían pasado siglos desde entonces y la doncella del lapislázuli había obtenido un poder inmenso. Podía incluso tomar forma humana, pero nunca se mostraba a la gente, temiendo interferir en el curso natural de la historia.

Y ahora, delante de ella estaba la reina del clan Celestial, Ori, que rezaba fervientemente pidiendo poder. La doncella del lapislázuli sintió que las oraciones de la mujer le daban aún más fortaleza. Miró su futuro y lo entendió todo.

—Señora —dijo el espíritu del lapislázuli, aunque sabía que la reina ahora no la oiría—, te convertirás en gobernadora en el futuro, tu deseo se cumplirá sin mi ayuda. Sin embargo, me gustas y quiero seguirte.

Ori solo sintió una ligera brisa a su alrededor. Por un momento se sorprendió, pero, sin dar mucha importancia a esto, continuó con sus plegarias.

***

Durante tres días, la reina del clan Celestial ofreció plegarias al lapislázuli sagrado. Finalmente, volvió a casa.

La gente de la tribu acompañó a la señora Ori en su despedida. Cuando el carruaje de la reina y su séquito desaparecieron de la vista, el chamán, un hombre mayor que llevaba encima muchos talismanes, se aproximó al jefe y dijo:

—Jefe, hay algo importante que quiero decirte.

—¿Y qué es? —El jefe se preocupó—. ¿Nuestra tribu se enfrenta a algún problema?

—En realidad, no. —El chamán titubeaba.

Al ver su vergüenza, el jefe se dio cuenta de que había pasado algo importante. Miró fijamente a su chamán y preguntó directamente:

—Dime, ¿qué ha pasado?

—Todas las mañanas, después de que el clan Celestial visitaba el santuario del lapislázuli sagrado, yo bajaba al santuario a comprobar que todo estaba en orden —replicó el chamán—. Esta mañana he vuelto a bajar al santuario subterráneo a ofrecer plegarias al lapislázuli y rogarle que la reina regresara sana y salva a su casa. Y entonces me he dado cuenta de que había pasado algo raro.

—¿Qué? —El jefe ardía de agitación e impaciencia.

—La piedra se encendió de repente y después de unos pocos momentos brotó un resplandor. Me di cuenta de que se había formado un pequeño agujero que atravesaba la parte alta, como si alguien hubiera perforado el lapislázuli sagrado.

El jefe abrió mucho los ojos, incapaz de pronunciar una palabra. Finalmente, preguntó:

—¿Y eso qué significa?

—Es difícil de decir, pues es la primera vez que pasa. —El chamán encogió los hombros—. Pero creo que a nuestro lapislázuli sagrado le ha gustado la reina del clan Celestial y una parte de él la ha seguido.

—¿Por qué iba a decidir hacer eso nuestro lapislázuli sagrado, al que adoramos desde tiempo inmemorial? —preguntó el jefe.

—Llevamos mucho tiempo rezando a esta piedra, así que no es sorprendente que tenga su propia fuerza y voluntad —razonó en voz alta el chamán—. Así que el propio lapislázuli puede tomar ciertas decisiones.

El jefe meditó unos momentos. Y después de una larga pausa, dijo:

—Sí, probablemente tengas razón. Bueno, si esa es la voluntad de la piedra sagrada, que así sea.

***

Ori y su séquito se habían alejado lo suficiente del asentamiento de la tribu amistosa que habían ido a visitar. El sol aún se estaba poniendo lentamente cuando la procesión con la comitiva de la reina hizo una parada. Los soldados empezaron a hacer hogueras y fueron a cazar para que las doncellas pudieran cocinar la caza.

Mientras todos se dedicaban a sus tareas habituales, la señora Ori decidió dar un pequeño paseo acompañada por soldados leales, para admirar la belleza de las vistas locales al atardecer. La reina y sus soldados llegaron pronto a un claro pintoresco cubierto de flores azules de asombrosa belleza.

—¡Oh, que flores tan bonitas! —no pudo dejar de exclamar la mujer con admiración—. Son similares a unas *lycoris*, pero más grandes y su forma es algo distinta. Y vaya color brillante, como una piedra de lapislázuli.

De repente oyó a su lado una voz femenina desconocida.

—Mi señora, las tribus locales creen que estas plantas solo florecen en estos lugares cuando está a punto de ocurrir algo importante.

Ori se dio la vuelta al oír la voz y vio a una bella muchacha de largos cabellos negros, vestida de azul. Al mirarla más de cerca, la reina advirtió que los ojos de la extraña eran azules.

—¿Quién eres? —preguntó—. ¡Tus ropas no se parecen a las pieles vestidas por las tribus locales!

—Mi nombre es Ruri, mi señora —replicó la muchacha, inclinándose con respeto—. Soy una adivina. En el pasado, mis antecesores abandonaron el clan Celestial y vivieron independientemente por mucho tiempo. Aprendí de mi madre a hilar, coser y tintar tejidos. Pero fui la única superviviente de todos los miembros de mi familia. El resto murió o se fue a otras tierras y no sé dónde están ahora.

Ori sabía que algunos miembros del clan Celestial se iban. Nadie los veía. Y nadie los podía encontrar tampoco. Probablemente vivían secreta y silenciosamente en algún lugar salvaje. Así que esta parte de la historia de la extraña le pareció factible a Ori.

—¿Y qué hace una muchacha tan joven, aunque sea una adivina, tan lejos de casa, además de completamente sola? —preguntó razonablemente uno de los soldados, a quien la muchacha de ojos azules le parecía extremadamente sospechosa.

—Estaba esperando a la señora Ori —replicó ella.

Los soldados y la reina se miraron unos a otros con sorpresa.

—¿Cómo sabes quién soy? —la mujer estaba atónita.

—Mi señora, soy adivina. Por tanto, veo muchas cosas —contestó Ruri—. Y os pido permiso para serviros.

Los soldados que acompañaban a la reina se pusieron alerta. La muchacha cada vez les parecía más sospechosa. ¿Y si venía del Reino Lunar y planeaba algo malvado? En sus cabezas bullían ideas de que estaba simplemente distrayendo su atención y en algún lugar del bosque se escondían enemigos, soldados del Reino Lunar, que querían matar o secuestrar a la reina.

Sin embargo, la reacción de la señora ante la adivina resultó ser exactamente la opuesta a la de sus guardaespaldas. Esta rio y contestó:

—¡Bien! ¡Te tomo a mi servicio! ¡Tienes ojos del color del lapislázuli al que he rezado sinceramente tres días seguidos! ¡Debe ser una señal del cielo! ¡Las propias deidades me han enviado a un encuentro contigo!

—Muchas gracias, mi señora. —Ruri se inclinó.

Ori no sabía que este encuentro cambiaría su vida para siempre.

Capítulo 2. Un sueño extraño

Había pasado algún tiempo desde que la reina Ori había vuelto a la corte. Todos se sorprendieron mucho al ver que la señora había traído consigo a la adivina de ojos azules.

Al principio. Todos recelaban de Ruri, pero pronto ninguno dudaba de la precisión de sus predicciones. Las cortesanas e incluso muchos oficiales a menudo recurrían a sus servicios. Con respecto a la reina, ya se las había arreglado para verificar la precisión de las predicciones de su nueva adivina durante el trayecto de vuelta a la capital del clan Celestial.

Una vez, Ori le preguntó:

—Dime, Ruri, ¿cuál es mi futuro y el de mi clan?

—Ahora mismo os hago vuestro horóscopo —contestó Ruri.

La gente del clan Celestial había estado haciendo horóscopos durante mucho tiempo. Este método de predicción se había originado mucho tiempo atrás, en su lejano hogar ancestral, que estaba más allá del río Celestial. Seguían manteniendo este conocimiento, aunque la manera de hacer los horóscopos había sufrido algunos cambios.

Por supuesto, Ruri podía ver el futuro sin horóscopos. Pero para dar una impresión adecuada a otros, la muchacha los realizaba diligentemente, aunque ya sabía las respuestas.

Haciendo rápidamente los cálculos necesarios, la joven adoptó una expresión seria y dijo finalmente:

—Un gran futuro os espera, mi señora. Y en el futuro predecible, todo se mantendrá tranquilo en vuestro clan.

Una respuesta así satisfizo completamente a la reina.

***

Esa tarde, el gobernador Tei decidió visitar a una de sus concubinas. Ori, no especialmente triste por el hecho, decidió emplear racionalmente su tiempo libre. Leía ficción. En los mil años que el clan Celestial había pasado en esas tierras, habían podido preservar algunas de las obras literarias de su hogar original del espacio lejano. Pero, por desgracia, los miembros del clan no crearon muchas nuevas obras literarias en la Tierra. La historia que leyó la reina hablaba del amor infeliz de una muchacha de una familia rica y un oficial de bajo rango. La había escrito una cortesana cien años antes.

A la reina no le entusiasmó la historia, así que, al acabar de leer, dejó el pergamino a un lado y, apagando la luz, se fue a dormir. Por la noche, la mujer tuvo un sueño extraño.

Soñó que vivía en una casa sencilla fuera de la ciudad con su madre y su difunto hermano menor, que había muerto siendo un niño, con siete años, debido a una enfermedad. Pero en el sueño estaba vivo y parecía un poco mayor, de unos diez años. La propia Ori en el sueño no parecía tener más de trece.

Su madre también parecía mucho más joven. Ori soñó que se su madre iba a la ciudad y les decía a ella y a su hermano menor:

—Cuidad de la casa y cerrad la puerta. ¡Y en ningún caso vayáis al patio! Ha aparecido un tigre por aquí. Si hacéis lo que digo, os traeré dulces.

Pero por desgracia, el tigre vagaba por el patio en ese momento y oyó todo. El tigre en el sueño de la reina no era tonto: tenía el cuerpo de un animal y la cabeza del gobernador Tei.

Así que el tigre-Tei se escondió en su cubil y esperó a que la madre de Ori se fuera. Y se puso las ropas de su madre, que estaban secándose en el patio después de lavarse, tomó algunos dulces y fue a la casa. Se paró delante de la puerta y dijo:

—¡Hijos míos! ¡Vuestra madre ha llegado! ¡Os he traído dulces! ¡Rápido, abridme la puerta, dejadme entrar en casa!

El hermano menor lo oyó y se puso contento porque su madre había vuelto a casa muy rápidamente. Corrió a abrir la puerta. Pero Ori le dijo:

—¡Espera, no es nuestra madre!

Ori se acercó a la puerta y dijo:

—¡Nuestra madre tiene una voz suave y la tuya es desagradable! ¡Vete! ¡No te dejaremos entrar!

—¡Hijos míos, he estado trabajando todo el día sin descansar, así que me he quedado ronca!

—Si de verdad eres nuestra madre, muéstranos los dulces que prometiste traernos.

El tigre pasó su garra con dulces por el hueco abierto. El hermano menor los vio, saltó de alegría y de nuevo quiso abrir la puerta. Pero Ori le dijo:

—¡Espera, nuestra madre no tiene manos como esas! —Y dijo al tigre—: ¡Las manos de nuestra madre son suaves y las tuyas son ásperas!

El tigre apartó la garra y contestó:

—He trabajado todo el día tejiendo. Abrid la puerta, que está oscureciendo.

Los hermanos empezaron a pensar en qué hacer. Su madre trabajaba todo el día, así que se había quedado ronca y sus manos se habían vuelto ásperas. Ori creyó que su madre estaba fuera y abrió la puerta.

El tigre entró y miró a su alrededor. Quería comerse a uno de los hijos, pero de repente advirtió la carne cruda que había sobre la mesa, que la madre había dejado a sus hijos por la mañana y había dicho a su hija que cocinara. Pero Ori lo había olvidado, así que la carne estaba sobre la mesa.

El tigre tomó la carne, se fue a una de las habitaciones de la casa y se tumbó con ella bajo las sábanas.

Y Ori y su hermano menor empezaron a comer dulces. Comían y se preguntaban por qué su madre se había tumbado bajo las sábanas. También masticaba algo.

Los niños gritaron:

—¡Madre, se han acabado todos los dulces, danos más!

La madre les echó dulces desde debajo de las sábanas, los chicos quedaron encantados y los cogieron. Y vieron que no eran dulces, sino huesos de la carne. Y Ori se dio cuenta de que no era su madre, sino el tigre. Se asustó y empezó a pensar en cómo salir de la casa. Pensó y pronto decidió:

—Tengo que salir —dijo.

—Usa el orinal —contestó el tigre.

—Ma da vergüenza, ya soy adulta.

—¡Entonces usa el hogar!

—¡Lo ensuciaré!

—¡Usa el hueco de la puerta!

—¡No, prefiero usar el patio! ¡Y al mismo tiempo sacaré a mi hermano a que haga pis!

—¡De acuerdo, date prisa! ¡Si no, vendrá un tigre y te comerá!

Al tigre realmente le preocupaba que los hermanos fueran devorados por otro tigre.

Ori salió corriendo de la casa con su hermano y pensó en cómo escapar del tigre.

Ya se había hecho de noche y las estrellas brillaban en el cielo. No podían salir corriendo: el tigre los atraparía. Tampoco podían esconderse: los tigres tienen buen olfato. Entonces Ori vio un alto sauce y se subió a él con su hermano.

Y entretanto el tigre con la cara del gobernador Tei había comido la carne y estaba esperando a que los niños vinieran. Y no volvieron. El tigre se dio cuenta de que la niña le había engañado y rugió furioso. Salió al patio de un salto y se quitó el vestido de mujer. Y empezó a correr alrededor del patio buscando a los niños. ¡Los buscó por todas partes! ¡Incluso en la letrina! Los niños veían al tigre correr enfurecido. Ori tenía miedo, pero su hermano se divertía. No pudo contener la risa.

El tigre rugió aún más alto y corrió al pozo. Miró en su interior y vio el reflejo de los niños en el agua (el sauce estaba junto al pozo).

—¡Ahí estáis! —gruñó el tigre, creyendo que los niños estaban en el pozo.

El hermano rio de nuevo.

—¡Eres tonto, eres tonto!

El tigre-Tei oyó esto y miró arriba. Y vio que los niños estaban sentados en el árbol. Pero el tigre no podía trepar por el árbol. Y decidió volver a engañarlos. Así que dijo:

—Sois mis hijos, decidme cómo habéis subido al árbol. Yo también quiero.

El niño le respondió.

—Cogimos aceite de un vecino, embardunamos el árbol y trepamos.

El tigre creyó al niño, tomó aceite y empezó a embardunar el tronco. El árbol se volvió resbaladizo, así que el tigre no podía trepar por él.

Entonces el tigre dijo:

—No hacéis más que mentirme. ¿Cómo habéis podido trepar al árbol?

—Si quieres subirte al árbol, toma un huso y hazlo girar. Obtendrás un hilo y treparás con él —dijo Ori.

El tigre trajo un huso, hizo un hilo y este se rompió. El niño rio y dijo al tigre:

—¡No subirás al árbol ni en cien años! ¡Necesitas tomar un hacha y hacer muescas en el tronco!

El niño dijo eso y se dio cuenta de que se le había escapado. Pero era demasiado tarde. El tigre trajo un hacha, cortó las muescas y subió al árbol. Ori y su hermano temblaban de miedo. El tigre llegó a la mitad del árbol y los niños treparon atemorizados a lo más alto del árbol. No podían ir a otra parte.

Y el tigre seguía subiendo. Ori lo vio, levantó la cabeza y rezó al cielo:

—¡Oh, Cielo! ¡Si quieres salvarnos, danos una fuerte cadena de hierro! ¡Y si quieres destruirnos, danos una cadena oxidada!

Tan pronto como dijo esto, una fuerte cadena de hierro descendió del cielo. Los niños la tomaron y acabaron en el Cielo.

El tigre también rezó, pero confundió las palabras:

—¡Oh, Cielo! ¡Si quieres ayudarme, dame una cadena oxidada y si quieres destruirme dame una fuerte cadena de hierro!

Tan pronto como dijo esto, una cadena oxidada descendió del cielo. El tigre estaba encantado, empezó a trepar por la cadena oxidada y esta se rompió. El tigre cayó al suelo y murió al estrellarse.

Y Ori y su hermano ascendieron sanos y salvos al Cielo. Ori se convirtió en el Sol y su hermano fue a la Luna.

***

Ori se despertó a primera hora de la mañana en su habitación. Durante un rato se quedó quieta en el futón, tratando de entender lo que había visto en el sueño.

«Bueno, he tenido una extraña pesadilla», se le pasó por la cabeza a la mujer. «¡Un tigre con la cabeza de mi marido! ¿Y si este sueño significa algo? Es necesario que consulte con Ruri y omita detalles innecesarios del sueño pues las paredes pueden tener orejas. Y algunos dignatarios pueden sospechar que le deseo mal al gobernador».

Ori llamó a sus doncellas y les dijo que le trajeran un balde para lavarse. Después de eso, las doncellas ayudaron a su señora a ponerse sus ropajes, que ciñeron con un cinturón marrón oscuro. Luego, las doncellas peinaron sus largos cabellos, que recogió con una cinta de seda.

Ori eligió varias joyas: primero un collar de cuentas coloreadas. A la mujer del clan Celestial le gustaba este tipo de joyería. A los hombres también, pero estos solo llevaban unas pocas grandes cuentas en una cuerda y se las ponían alrededor de sus cuellos.

La siguiente joya que eligió la reina fue un alfiler de oro en forma de un pájaro maravilloso, comprado a los mercaderes del continente (además de en el Reino Lunar, varios clanes celestiales también se establecieron en el continente y comerciaban sin problemas con el clan de Ori). Y la imagen se completó con brazaletes de plata, que también había conseguido de los mercaderes del continente.

En su juventud, con trece años, Ori había viajado al continente con su madre. Esta quería comprar una gran cantidad de artículos de lujo a los hábiles maestros locales y permitió a su hija ir con ella.

La futura reina y su madre contrataron un barco y partieron, acompañados por un séquito armado (incluso las doncellas llevaban puñales).

Al llegar al continente acabaron en una ciudad portuaria ubicada en las orillas del mar Amarillo.

La gente de otro clan Celestial se había asentado en estas tierras mucho tiempo antes, varios milenios antes. Desde ahí, los mercaderes navegaban al Reino Lunar y al archipiélago donde vivía el clan de Ori y a otras tierras.

La madre de Ori vio varias cosas y pensó que en el continente eran mucho más baratas. ¡Y los mercaderes que las llevaban al archipiélago multiplicaban varias veces su precio! «Tenemos que comprar tantas cosas caras como sea posible», se le ocurrió a la madre de la muchacha.

Ori en ese momento estaba mucho más interesada por la ciudad que por las joyas y las cosas caras.

Era una ciudad típica del clan Celestial en la Tierra, construida de acuerdo con un plan bien concebido. La ciudad estaba rodeada por una alta muralla de piedra.

La disposición interior de la ciudad seguía cierto patrón. En la calle principal que cruzaba la ciudad de sur a norte estaban los edificios más importantes. Las calles discurrían en líneas rectas de sur a norte y de oeste a este. En las partes oriental y occidental de la ciudad había mercados con gran abundancia de productos.

Los edificios administrativos y la residencia del gobernador estaban ubicados en el centro de la ciudad. Había ciertas normas para los edificios: los edificios administrativos y las casas de los miembros del clan Celestial se construían más altos que las viviendas de la gente ordinaria que trabajaba y servía en la ciudad.

Las casas, en su mayoría, tenían patios. Y muchas casas tenían terrazas delante de las entradas a lo largo de toda la fachada. Las casas de los ricos estaban rodeadas por galerías abiertas y los edificios estaban a menudo adornados con columnas. La mayoría de las casas estaban rematadas con tejas.

Ori, al ver por primera vez una ciudad tan grande con sus propios ojos, experimentó sentimientos encontrados. Sus ciudades del clan Celestial eran mucho más modestas. Sintió envidia y resentimiento. Y entonces, por primera vez, apareció en ella la idea de que sería estupendo ser la esposa de un príncipe o un gobernante, ganar influencia en la corte y tratar de mejorar su país.

En resumen, su primer y único viaje al continente dejó una impresión indeleble en la joven señora. En ese viaje su madre compró una gran variedad de artículos de lujo, diversas ropas y joyas. Y, con una bolsa bastante menguada, madre e hija volvieron a casa sanas y salvas.

… Ori vio interrumpidos sus pensamientos por la voz de una de sus doncellas.

—Mi señora, vuestro tocado está listo —dijo tímidamente la joven.

La mujer miró atentamente su reflejo en el espejo de bronce y, bastante satisfecha con su apariencia, dijo:

—Bien, podéis iros.

***

Entretanto, la señora Ruri estaba en su modesta habitación leyendo poesías. En el grueso rollo de papel estaban escritos los versos de un antiguo poeta del clan Celestial. La joven vio distraída su lectura por una voz detrás de una partición corredera que se abría:

—Ruri, soy yo.

—¡Oh, mi señora! —La adivina había reconocido inmediatamente la voz.

Dejó inmediatamente el rollo y se inclinó con respeto ante la reina. Ori entró en la habitación y, decidiendo no andarse con rodeos, dijo:

—Ruri, quiero que interpretes un sueño.

—Por supuesto, mi señora. Por favor, contádmelo.

La mujer contó su sueño con todo detalle. Lo único que omitió fue que el tigre tenía la cara del gobernador Tei.

—… Y el tigre con cara de hombre cayó de la cadena oxidada y se estrelló, muriendo —dijo Ori—. Mi difunto hermano menor y yo llegamos sin problemas al Cielo. Y entonces me convertí en el Sol.

La reina acabó su relato. Hubo un silencio en la habitación. Ruri miró fijamente a su señora. La augur adivinó inmediatamente lo que su señora le ocultaba, pero, de todos modos, después de una breve pausa, preguntó:

—Mi señora, ¿a quién se parecía el rostro del tigre de vuestro sueño?

—Por desgracia, no conozco a esa persona. —Ori mostró cautelosamente una cara larga.

«Así que es eso…» Ruri asintió.

De hecho, había adivinado exactamente que se trataba del gobernador Tei. Pero, por prudencia, decidió no decirlo en voz alta. En su lugar dijo:

—Mi señora, creo que vuestro sueño es de gran importancia.

—¿Qué pasa? —La reina ardía de impaciencia.

—El tigre simboliza algún tipo de obstáculo y amenaza. Pero la superaréis, lo que os llevará a vuestra exaltación y la de vuestra familia. Pero no creo que esto pase en un futuro cercano. Tal vez pasen, no un año, sino varios más antes de este acontecimiento. Pero al final pasará lo que tiene que pasar.

La respuesta satisfizo completamente a la reina. Estaba a punto de irse cuando advirtió de repente un colgante en forma de elegante lapislázuli cilíndrico en torno al cuello de la adivina. El colgante se veía muy hermoso en un intrincado engaste de plata.

—¡Oh, qué joya tan rara tienes! —Ori no pudo sino exclamar con admiración—. El color de este lapislázuli me recuerda el color de la piedra que adoraban las tribus del bosque.

La mujer no sospechaba lo cerca que estaban sus palabras de la verdad. Ruri se limitó a sonreír como respuesta y dijo:

—Es mi amuleto precioso. Tal vez me da poderes. Siempre lo llevo conmigo.

—¿Es un objeto mágico?

—En realidad, no. Tal vez este lapislázuli me sea tan querido que casi es parte de mi —repuso Ruri.

«Probablemente heredó esta joya de su madre, incluso puede que haya pasado en su familia durante generaciones», pensó Ori. «Tal vez Ruri haya recibido este lapislázuli como regalo de un amante con quien después rompió por algún motivo».

La reina decidió que era mejor dejar de preguntar sobre ello. Y tras despedirse formalmente de la adivina, abandonó su habitación.

En ese momento, Ori no podía siquiera imaginar lo que el destino le tenía preparado.

Capítulo 3. Ocho años después...

Ocho años después...

Han pasado ocho años. Era la cuarta luna y el tiempo de ese año había sido sorprendentemente lluvioso. El cielo había estado constantemente cubierto de nubes grises, derramando abundante agua sobre el suelo.

Sin embargo, los astrólogos de la corte profetizaron que las lluvias cesarían pronto y que la cosecha sería extraordinariamente abundante.

La reina Ori acababa de cumplir treinta y tres años. Ella y su marido, el gobernador Tei, no habían tenido hijos aún. Pero tampoco sus concubinas habían podido quedar encintas del gobernador. Ori se sentía tranquila y confiada, porque sus temores con respecto a su marido no estaban justificados. No había intentado librarse de ella y entronizar a alguna de sus concubinas. Aun así, Ori se comportaba cautelosamente.

Tei prácticamente no se ocupaba de los asuntos públicos, sino que trasladaba todas las preocupaciones a los hombros de ministros, dignatarios, consejeros y su esposa. Ori participaba activamente en la vida pública de su país. Tal vez Tei no era tonto y entendía que si esposa era inteligente y ejercía firmemente el poder. Además, Ori disfrutaba de prestigio entre los miembros del clan Celestial. Y nadie dudaba de la autenticidad de sus visiones en nombre de la Diosa Guardiana.

Un día del año anterior, Ori preguntó a su adivina de confianza de la corte, Ruri, que había estado en la corte durante ocho años:

—Nuestro clan Celestial no tiene un heredero directo y esto me preocupa —dijo entonces la reina—. Aunque sea desagradable admitirlo, ahora mismo estaría contenta si alguna de las concubinas del gobernador diera a luz algún hijo. ¡Pero, al igual que yo, ninguna es capaz de concebir! ¿Qué se puede hacer?

Ruri se limitó a sonreír misteriosamente en respuesta y contestó:

—Mi señora, recientemente hice vuestro horóscopo. En el futuro previsible, muy probablemente el año que viene, tendréis un hijo.

Ori, sabiendo bien que su marido, por desgracia, era estéril, no dejó de sorprenderse ante las palabras de la adivina. Y con algo de cinismo, pensó: «¿Voy a tener que recurrir de verdad a lo que estaba pensando antes? ¿A concebir un hijo de otro hombre? Por ejemplo, del consejero Eichi».

El consejero Eichi era un hombre agradable de mediana edad, ligeramente más joven que el gobernador Tei. Había enviudado unos años antes, pues su mujer había muerto en una epidemia de viruela (lamentablemente, el clan Celestial también perdió la mayoría de sus conocimientos médicos a lo largo de los siglos). El hombre no tenía hijos varones, pero sí dos hijas felizmente casadas.

Ori no había pensado previamente en la candidatura del consejero como amante, aunque a veces había percibido sus miradas interesadas sobre ella. Pero, por supuesto, no se había atrevido a hacer nada.

Como consecuencia, tras pensárselo, la reina envió una carta con un poema al consejero Eichi a través de un sirviente fiel. El hombre, que no esperaba esas señales de atención de la reina, quedó muy sorprendido. Pero decidió no perder la oportunidad y respondió a su mensaje. Pronto empezaron una relación.

Así que, después de un tiempo, cuando no se había cumplido el plazo, Ori se dio cuenta de que había pasado lo que había estado esperando tanto tiempo. Había concebido un hijo.

Por supuesto, iba a decir que era el hijo de su marido. Además, no estaba completamente segura de la paternidad del consejero: después de todo, Tei a veces visitaba su habitación. Era posible que los cielos hubieran tenido piedad y hubieran enviado un mucho tiempo esperado heredero al gobernador. Era innegable que la madre no siempre lo sabe con seguridad.

Pero no importaba cómo eran las cosas, la reina había concebido un hijo. Y se apresuró a informar al gobernador. A Tei le encantó conocer este acontecimiento tan esperado, sin sospechar nada acerca de la relación de su esposa con el consejero.

Al mismo tiempo, el gobernador Tei recordó repentinamente el hecho de ocho años antes. Que era como la Diosa Guardiana de esas tierras supuestamente se había introducido en su esposa y reclamado la guerra contra el Reino Lunar.

Compartió sus pensamientos con los astrólogos de la corte, la señora Ruri (que se había ganado la confianza del gobernador después de ocho años) y su esposa.

Ori, a pesar de estar en las primeras fases de su embarazo, dijo que conquistar el Reino Lunar era una gran idea y que deseaba acompañar a su marido.

Tei trató de disuadirla con desesperación, pero, por desgracia, sin éxito. La reina quería tomar parte en la campaña militar sin falta.

Y el gobernador empezó los preparativos necesarios. Contrató constructores de barcos con talento, que empezaron a diseñar naves para grandes distancias. Aunque la gente del clan Celestial navegaba, no tenía barcos para fines militares. Si algún miembro del clan necesitaba ir al continente, contrataba un barco mercante. Los mercaderes, por su parte, estaban bien dispuestos a proporcionar esos servicios por una tarifa apropiada.

Además de construir barcos, el gobernador Tei ordenó a los más hábiles herreros del país que crearan armaduras y armas para el ejército. Y verificaba constantemente que la formación de las tropas fuera buena.

Por supuesto, todo esto requería enormes fondos. Si se hubieran conservado las armas o los pájaros de hierro, las preparaciones para una campaña militar serían menos costosas en términos de tiempo y dinero. Pero el tiempo era despiadado con la tecnología del clan Celestial. Por desgracia, los miembros del clan no podían mantener los complejos mecanismos de la manera adecuada. E incluso la mayoría de su conocimiento espiritual y científico se había olvidado. Así que los expertos, mecánicos y herreros del clan tenían que construir barcos y fabricar armas y armaduras. El tesoro quedó prácticamente agotado después de todos los preparativos militares. Así que, si la campana contra el Reino Lunar fracasaba, sería un momento crítico, bajo la amenaza de enormes dificultades financieras.

***

Había pasado algún tiempo. Las preparaciones para la campaña marchaban bien y se completarían pronto. El tesoro estaba ya cerca de agotarse.

Ori estaba en su segundo mes de embarazo. Ninguno de los curanderos de la corte tenía dudas acerca de su embarazo. El gobernador Tei, extremadamente contento de tener un heredero tan esperado, llevaba ricos presentes a los santuarios. El gobernador no tenía ninguna duda de que era el padre del niño que iba a nacer. Y creía que las deidades sencillamente le habían puesto a prueba durante mucho tiempo y ahora, por fin, se habían apiadado y la habían dado un heredero.

Por supuesto, había cortesanos que dudaban de la paternidad de Tei. ¡Durante muchos años, ni la reina Ori ni ninguna de sus concubinas habían concebido un hijo! ¿Y ahora iba a haber un heredero? Pero nadie conocía los encuentros secretos entre Eichi y Ori, pues ambos se comportaban con mucho cuidado.

Así que todos los que sospechaban que la reina estaba engañando a su marido prefirieron no expresar sus pensamientos. E incluso algunos creyeron que, si el hijo se había concebido de un amante, entonces el hijo de Ori tenía de todos modos derecho a heredar el trono. Después de todo, el padre de Ori era sobrino nieto de uno de sus antiguos gobernantes. Es decir, el padre de Ori era uno de los herederos del clan Celestial. Esto significaba que su hija también tenía derecho al trono, como su hijo por nacer.

Además, la propia Diosa Guardiana de esas tierras se había introducido en ella (todos creían que Ori podía hablar en nombre de la diosa). Algo que de por sí significaba mucho: ¡la diosa favorecía a la esposa del gobernador!

… Ori se despertó en sus aposentos muy temprano. Por razones obvias, la mujer tenía malestares a menudo por la mañana. Pero las hierbas que los curanderos de la corte le aconsejaban beber eliminaban bien todos los síntomas desagradables.

La jarra con la infusión herbal estaba en los aposentos personales de la reina y se rellenaba regularmente. Después de beber la poción sanadora de la taza, la mujer se tumbaba un rato, esperando a sentirse mejor.

Ori enseguida se sintió mejor y llamó a sus doncellas para que la ayudaran a vestirse y peinarse. Mirándose a sí misma con ojos críticos en el espejo de bronce, Ori se dijo con tristeza: «Estoy encantada de tener un hijo, pero pronto seré fea. Mi figura cambiará tras la maternidad. Mis pies se harán más grandes. ¿Por qué solo las mujeres tienen que sacrificar su belleza para poder tener hijos? ¿No les basta a las deidades con que engendrar un hijo sea difícil por sí mismo y que el parto sea doloroso?» Por supuesto, Ori sabía que no todas las mujeres se afeaban y que en algunas la figura después del parto se hacía aún más femenina. Sus pensamientos se vieron interrumpidos por la voz de una doncella:

—Mi señora, ¿qué ropa y joyas elegiréis hoy?

—Un vestido interior verde claro y un vestido exterior verde oscuro —respondió—. Y joyas de color naranja.

La doncella se inclinó e inmediatamente encontró el vestido apropiado en el baúl y las joyas en uno de los muchos joyeros.

Ori se vistió y la doncella estaba a punto de recoger su pelo cuando de repente oyeron en el pasillo del palacio un grito desgarrador de mujer:

—¡Que alguien llame al curandero! ¡El gobernador se siente mal!

Durante un momento, Ori y sus doncellas se quedaron paralizadas, tratando de entender lo que estaban escuchando. Pero inmediatamente salieron de los aposentos como flechas lanzadas por un arco.

Ante los ojos de la mujer apareció una imagen aterradora: el gobernador Tei estaba tendido inmóvil en el suelo. Junto a él estaba una asustada doncella blanca como la nieve.

El gobernador no se movía y no mostraba señales de vida. Su piel estaba mortalmente pálida. Al verlo, Ori recordó involuntariamente lo que una vez había leído en cierto tratado de medicina. Describía ataques de corazón que llevaban a una muerte repentina.

Por supuesto, la reinan nunca había amado a su marido. Pero no quería que muriera así. Una cosa es que el gobernador caiga en el campo de batalla como un valiente guerrero. Pero esa muerte súbita de su marido la dejaba atónita.

Mientras Ori y sus doncellas quedaban aturdidas, el resto de los habitantes del palacio acudieron corriendo ante los gritos de la joven doncella. Entre ellos estaban los curanderos de la corte, muchos otros sirvientes, cortesanas, dignatarios y el consejero Eichi.

Todos quedaron paralizados de horror al ver al gobernador tumbado en el suelo. El curandero mayor de la corte fue el primero en reaccionar. Se acercó a Tei y le tomó el pulso. El curandero trató diligentemente de encontrar el pulso, pero, por la expresión en su cara, todos adivinaron lo que había ocurrido realmente.

—El gobernador está muerto —dijo finalmente el curandero, bajando la vista.

Sus palabras confirmaron lo que los demás había supuesto. Una ola de preocupación e incomodidad se extendió entre la multitud allí reunida. Las cortesanas se apiadaron de la reina que acababa de enviudar y cuyo niño aún no nacido nunca vería a su padre. Los dignatarios estaban preocupados: ¿qué iba a pasar? Después de todo, el heredero aún no había nacido. ¿Y si la reina perdía a su tan esperado hijo por la sorpresa experimentada? Entonces Ori se convertiría en la única gobernadora. Aun así, los parientes más cercanos de Tei podrían competir en sus derechos al trono y podía iniciarse una rebelión en el país.

Y, por fin, a todos les preocupaba lo que pasaría ahora con la campaña militar contra el Reino Lunar. Después de todo, ya se había gastado una cantidad enorme de recursos materiales en la preparación de la campaña.

Ori sacudió inmediatamente a todos de su asombro. La mujer lo había entendido: era su oportunidad para disponer todo a su favor. Así que habló con clama y confianza, aunque una tristeza sincera se deslizó en su voz:

—Mi marido, el gobernador Tei, ha muerto. Es un acontecimiento muy triste para todos. Pero estoy segura de que su hijo, que nacerá a su debido tiempo, se convertirá en un gobernante digno. Hasta entonces, yo, como reina, esposa del gobernador Tei y madre de su futuro heredero, asumiré las tareas de la regencia. Entretanto, es necesario preparar un entierro digno para el gobernador.

—Sabias, palabras, mi reina —corroboró Eichi—. Para empezar, debemos ocuparnos del cuerpo del gobernador. Después de eso, tenemos que convocar un consejo y decidir qué hacer después.

***

El cuerpo del gobernador Tei se trasladó a unas cámaras especiales del palacio donde los sacerdotes empezaron a prepararlo para el sepelio. Poco después Ori, consejeros y dignatarios de alto rango se reunieron en un consejo urgente. Ruri también estaba presente, como adivina de confianza de la reina.

Nadie se opuso a que Ori se convirtiera en regente, pues los astrólogos de la corte y la señora Ruri predijeron unánimemente el nacimiento de un niño sano. Aun así, una niña también podía convertirse en heredera: el poder en el clan Celestial se transfería por primogenitura, independientemente del sexo.

—No tenemos nada que objetar a que la reina asuma las tareas de la regencia hasta que nazca el heredero del gobernador Tei y sea mayor de edad —dijo Eichi—. ¿Pero qué hacemos con la campaña militar contra el Reino Lunar, en la que se han gastado tanto dinero y recursos para su preparación? ¿No es la muerte repentina del gobernador una señal del cielo de que debería la campaña posponerse?

—No —repuso Ori con dureza—, esta campaña debe llevarse a cabo. La Diosa Guardiana de estas tierras ya ha tomado posesión de mi cuerpo varias veces y ha dicho a través de mi boca que tenemos que atacar el Reino Lunar. Mi difunto marido pospuso el inicio de la campana varias veces. Tal vez mis palabras sean duras, pero fue la ira de la diosa la que pudo alcanzar a mi marido, porque retrasó demasiado tiempo su inicio. Por tanto, la campaña militar no puede posponerse más. Partiremos tan pronto como demos al gobernador un entierro apropiado.

Los dignatarios se miraron entre sí significativamente. Uno de ellos planteó una pregunta razonable:

—Mi señora, ¿a qué general confiaréis un asunto tan importante?

—Como la diosa me ha poseído, yo misma dirigiré el ejército —replicó con calma Ori.

Todos los presentes, incluido el consejero Eichi, quedaron pasmados. Durante unos momentos, hubo silencio en la cámara del consejo, pues nadie sabía qué decir. La señora Ruri rompió el silencio.

—Si la diosa habló a través de los labios de nuestra reina, eso significa que las deidades de esta tierra la favorecen. El horóscopo de nuestra señora es también favorable. Por tanto, la campaña se verá sin duda coronada por el éxito.

—Por supuesto, todo el mundo sabe que la reina, junto con el difunto gobernador, luchó con éxito contra las tribus salvajes. Y en muchas tribus locales se conocen casos históricos en que una mujer lideró a los soldados en la batalla. Y entre los fragmentos conservados de nuestra historia acerca de nuestro hogar ancestral que se encuentra más allá del rio Celestial se cuentan esos casos —tomó la palabra Eichi—. Por tanto, el principal obstáculo no es que la reina lidere la campaña contra el Reino Lunar, sino que su condición es ahora mismo muy delicada. ¿Y si el esfuerzo relacionado con la guerra afecta al nacimiento del heredero?

—¡El señor Eichi tiene razón! ¡Nombrad un general, nuestra reina! —apoyaron otros consejeros y dignatarios.

Al reclamar tan ruidosamente a Ori que nombrara un general, Ruri le susurró algo en la oreja. Ori miró a la adivina sorprendida. Ruri asintió y respondió con firmeza:

—¡La campaña contra el Reino Lunar se verá coronada por el éxito, así como el nacimiento del heredero! ¡Así que no enfadéis más a la Diosa Guardiana!

Todos los presentes se limitaron a asentir.

Capítulo 4. La campaña contra el Reino Lunar

Los navíos del clan Celestial se hicieron a la mar el día señalado, iniciando la campaña militar contra el Reino Lunar.

El viento era bueno. Parecía que las deidades del mar favorecían a la gobernadora Ori. Esta veía que su popularidad creía entre sus soldados a ojos vista. Soldados, consejeros y sirvientes que seguían a la gobernadora en el mismo barco no hablaban más que del hecho de que su señora estaba siendo favorecida por las deidades.

La propia Ori disfrutaba sin duda de dicha popularidad. El embarazo no la preocupaba en absoluto. El curandero la acompañaba constantemente y cuidaba de su salud.

Al principio todo fue bien, pero de repente empezó a levantarse una tormenta. Aunque la tripulación del barco estaba realizando los preparativos necesarios para resistir a los elementos, Ori decidió acudir a Ruri para saber si la tormenta alcanzaría a los navíos o no.

La gobernadora encontró a la adivina en una pequeña habitación especial. En el barco en el que navegaba Ori había muchas habitaciones como esa en la cubierta inferior: para ella, para la señora Ruri, para cortesanas cercanas y para doncellas que acompañaban a su señora.

Ori, por decoro, llamó a la adivina desde detrás de la puerta, pero esta no respondió. Sin embargo, la voz tranquila de Ruri se podía oír claramente tras la puerta.

Sin entender lo que estaba pasando, Ori abrió ligeramente la puerta. Y encontró a la adivina sosteniendo su colgante de lapislázuli en su mano y susurrando algo a un cuenco de agua. Por unos momentos, Ori observó la escena sorprendida.

Cuando Ruri acabó con sus extrañas acciones, advirtió a la sorprendida señora de pie en el umbral.

—¡Ah, mi señora, perdonad mi falta de educación! ¡No os había visto! —La adivina se inclinó inmediatamente, colocando su colgante de lapislázuli de nuevo en su cuello.

—Está bien —replicó Ori, aún asombrada—. Cuéntame, ¿qué estabas haciendo? ¿Es algún tipo de magia?

Ruri estaba un poco confundida. Y finalmente, después de una breve pausa, dijo:

—Sí, trataba de calmar la tormenta. Para que se disipen las nubes y vuelvan a soplar vientos favorables.

—No sabía que podías hacer una magia tan poderosa. ¿Por qué no me habías hablado de ello en los ocho años que llevas sirviéndome?

—Perdonadme, por favor, mi señora. Pero este poder requiere un gran cuidado. Los poderes mágicos no pueden usarse a menudo, pues pueden convertirse en dañinos para alguien. Este es un caso extremo y estamos en mitad del mar. Si disperso las nubes, no dañaré a nadie. Por tanto, puedo usar este poder sin miedo a sus repercusiones —replicó Ruri.

Ori miró con interés el colgante de lapislázuli de su interlocutora.

—¿Puedes hacer magia con tu joya? —preguntó.

—Exacto, mi señora —contestó Ruri—. Sin ella, solo puedo predecir el futuro y convocar a espíritus menores. Cualquier cosa más importante me resultaría imposible.

De repente, la gobernadora tuvo un presentimiento. «¿Cómo no lo he entendido hasta ahora?», se le pasó por la cabeza. «Después de todo, en los ocho años que Ruri me ha servido, no ha cambiado en absoluto. Y la conocí casi inmediatamente después de adorar el lapislázuli en el santuario subterráneo. Parece que Ruri es un ser sobrenatural, pero no lo había pensado, al considerarlo imposible. Ahora estoy convencida».

—Ruri, tú eres el espíritu del lapislázuli sagrado, ¿verdad? —dijo la gobernadora en voz alta.

La adivina se limitó a sonreís misteriosamente. Ori sabía que tenía razón. «Pero, si quisiera dañar a alguien, lo habría hecho hace ya tiempo», decidió la gobernadora.

—Mi señora, ¿eso os asusta? —preguntó Ruri.

—No —contestó—. Siempre que estés de mi lado, no me importa si eres un espíritu o un ser humano.

Su conversación se vio interrumpida por el estrépito de la cubierta y uno de los miembros de la tripulación, que había descendido y visto a la señora a través de la puerta entreabierta del camarote de Ruri, gritó con alegría:

—¡Gobernadora! ¡La tormenta se ha calmado! ¡El viento vuelve a ser favorable y de nuevo navegamos en calma hacia el Reino Lunar!

—Son buenas noticias —replicó Ori.

Ella y Ruri intercambiaron miradas cómplices.

***

El Reino Lunar tenía tierras fértiles en las que los campesinos cultivaban arroz, cebada, mijo, trigo, moreras y cáñamo. El Reino Lunar comerciaba e interactuaba activamente con los clanes celestiales del continente. Igual que el resto de los clanes celestiales que habían llegado a la Tierra desde la extensión lejana más allá de las estrellas, el clan que había fundado el Reino Lunar también provenía del espacio exterior.

Por desgracia, los clanes celestiales habían perdido la mayoría de su conocimiento y tecnología a lo largo del tiempo. Su civilización en la Tierra caía gradualmente en la decadencia.

Por el contrario, los pueblos que habitaban la Tierra se desarrollaron. Crearían su propia civilización. Y aunque tuvieron que pasar por muchas pruebas, al final han alcanzado grades alturas. Y ¿quién sabe?, tal vez en un futuro muy lejano realicen su propio viaje a las profundidades del universo. Tal vez los terráqueos se convertirán también en «clanes celestiales» para alguien… En todo caso, esto pasará en un futuro lejano…

La capital del Reino Lunar era una ciudad a la que la gente normal llamaba sencillamente «la Capital». La ciudad crecía constantemente y tenía varios mercados en los que era posible encontrar una amplia variedad de mercaderes.

El gobernador del Reino Lunar estaba al cargo de los asuntos del estado. Junto con sus dos consejeros y su secretario se ocupaban de los documentos. Sin embrago, los pensamientos del gobernador estaban en ese momento ocupados por su bella nueva concubina, con quien deseaba retirarse. Pero no tenía suerte: las tareas estatales requerían su presencia personal. Así que el gobernador tenía que cumplir primero con sus tareas y solo después podría satisfacer su pasión amorosa con la concubina.

El gobernador vio distraído su aburrido trabajo y sus pensamientos sobre esa joven encantadora por el ministro de la guerra, que entró precipitadamente en su despacho.

—¡Gobernador! ¡Gobernador! ¡Problemas! —gritó.

El gobernador del Reino Lunar lo miró fijamente con dureza y preguntó en tono molesto:

—¿Qué ha pasado? La razón debe ser muy grave para que puedas justificar tu insolencia.

—¡Acabo de recibir un mensaje de nuestros vigilantes marítimos! ¡Hay barcos desconocidos visibles en el mar!

—¿Es posible que algunas gentes osadas del clan Celestial del archipiélago estén navegando hacia aquí? No lo habían hecho hasta ahora. Y no tienen barcos militares. Probablemente solo sean piratas. Las guarniciones eliminarán por sí mismas la amenaza, si es que hay alguna —decidió el gobernador del Reino Lunar mientras volvía a mirar los documentos—. No hay que asustarse y distraerme de mi trabajo.

De vez en cuando había gente atrevida y desesperada, deseosa de robar y dedicada a la piratería, que llegaba navegando a las orillas del Reino Lunar. A veces atacaban las zonas costeras del Reino Lunar. Así que el gobernador del Reino Lunar hace tiempo ordenó la formación de guarniciones militares costeras.

—¡Oh, no, mi señor! ¡No son barcos piratas! —exclamó el ministro de la guerra—. ¡Son barcos desconocidos! ¡Y hay muchos! ¡Dudo de que sus intenciones sean pacíficas!

—¿Cómo? —El gobernador se estremeció inmediatamente, olvidando de inmediato tanto los documentos como a la concubina—. ¿Quién puede ser?

—Sospecho que son el pueblo del clan Celestial del archipiélago. Algunos de nuestros mercaderes y de los mercaderes de los clanes vecinos hacen negocios con ellos, pero los habitantes del archipiélago nunca se han adentrado tanto en el mar —replicó el ministro.

—¡Es difícil que tengan armas normales y armaduras! —dijo riendo el gobernador del Reino Lunar—. He oído que no tienen buenos barcos y solo han luchado contra las tribus salvajes locales. El ejército del clan del archipiélago es primitivo.

—Mi señor, me temo que, si el clan del archipiélago ha podido construir un gran número de navíos, estarán bien armados —observó el ministro—. Y por tanto tenemos que prepararnos para la defensa.

El gobernador del Reino Lunar reflexionó unos momentos. Su cara mostraba concentración. Hubo un silencio opresivo en la habitación. Finalmente, el gobernador habló:

—Tal vez tus palabras tengan sentido. Así sea. ¡Preparaos para defender nuestras fronteras marítimas! ¡Enviad ya refuerzos a las guarniciones costeras!

—Sí, mi señor —respondió de inmediato el ministro de la guerra.

***

Cuando los barcos de Ori se aproximaron a las orillas del Reino Lunar, las tropas ya estaban esperándolos, listas para defenderse.

Los soldados del Reino Lunar estaban listos para esa desagradable sorpresa. Tan pronto como el ejército del clan Celestial del archipiélago llegó a la orilla, donde ya les estaban esperando, las dos fuerzas chocaron violentamente. Los soldados liderados por la gobernadora Ori y sus jefes militares «cortaron» furiosamente las filas de los defensores. Su espíritu de lucha era extremadamente alto: tenían plena confianza en que la Diosa Guardiana estaba de su lado.

Pronto, las tropas del clan Celestial del archipiélago «barrieron» las defensas de la costa del Reino Lunar y avanzaron hacia el interior.

La gente del Reino Lunar no esperaba que el clan del archipiélago, que solo había luchado contra las tribus locales, tuviera buenas armas y armaduras. Y el espíritu de lucha de sus enemigos sorprendió totalmente a sus habitantes. El Reino Lunar no se había enfrentado a un ataque como ese desde hacía mucho tiempo. Por supuesto, en sus fronteras a veces se producían escaramuzas con clanes celestiales vecinos establecidos en el continente. Pero los soldados del archipiélago, en comparación con ellos, iban a la batalla más desesperada y agresivamente.

Además, los defensores se asustaban por los rostros de algunos oponentes: poco antes de su muerte, el gobernador Tei había llegado a acuerdos amistosos con tribus para reponer sus tropas. Muchos de ellos cubrían sus caras y cuerpos con tatuajes. Los soldados del Reino Lunar se aterrorizaban con ellos.

… Las tropas de Ori avanzaron rápidamente hacia la capital del país. La ciudad tenía una muralla bien fortificada, pero por alguna razón incomprensible los enemigos se abrieron paso rápidamente a través de las defensas.

La razón era sencilla: en vísperas del asedio, había habido una conversación entre la gobernadora Ori y Ruri:

—Mi señora, con la ayuda de mi magia, puedo ayudaros a superar rápidamente las fortificaciones de la ciudad, aumentando la fuerza y el valor de vuestros soldados por un tiempo —dijo la adivina—. Pero, como he dicho, es una fuerza peligrosa. Te pido que ordenes a los soldados que no toquen a la población civil.

—Sí —asintió Ori—, a mí tampoco me gusta que maten y roben a los ciudadanos normales. Mi único plan era conseguir el rico tesoro del Reino Lunar a cambio de abandonar el reino. —La gobernadora suspiró y, después de una breve pausa, continuó—: ¿Pero mis soldados me escucharán? Todavía estarán excitados por la batalla y temo que, al entrar en la Capital, empiecen a crear caos. ¿Hay algo que pueda hacer?

—Mi señora, sois la gobernadora legítima de vuestro pueblo. Y ellos creen que la Diosa Guardiana entró en vos y habló a través de vuestra boca. Así que, para vuestros súbditos, vuestra palabra es ley —respondió Ruri—. Aunque, por supuesto, no se conseguirá sin algo de destrucción.

—¿No puedes usar tu magia para asegurarnos de que mis soldados no crean caos?

—Solo puedo moderar un poco su furia guerrera —contestó la adivina—. Pero no puedo privar del todo de ella a los soldados. En caso contrario, no serían capaces de irrumpir en la capital del Reino Lunar. Por desgracia, no soy omnipotente, mi señora.

—Sí, parece que la magia es algo complejo con lo que no conviene jugar —musitó Ori. Y preguntó de repente—: ¿Hay otras restricciones a tu poder?

—No puedo ver mi futuro, mi señora —le respondió su interlocutora—. Y si pierdo mi colgante de lapislázuli mis poderes quedarían gravemente limitados.

—¿Pero por qué tu fortaleza depende tanto de esa joya? —La gobernadora estaba sorprendida.

—Como sabéis, nací de la piedra de lapislázuli. Mi joya nació de la piedra sagrada. Del lugar que más tocaba la gente que rezaba, donde nació el lapislázuli cilíndrico. Por tanto, mi lapislázuli es una concentración de una gran poder mágico y espiritual.

—En ese caso, cuida de tu colgante como de la niña de tus ojos —replicó Ori.

Ni ella ni su adivina sabían qué iba a deparar el destino. Pero eso sería mucho después y ahora las tropas de la gobernadora Ori habían superado las defensas de las murallas de la capital del Reino Lunar y entrado en la ciudad. Recordando las instrucciones de la mañana de su gobernante, que había ordenado no dañar a los civiles, la mayoría de los soldados no se atrevió a desobedecerla. Pero, aun así, como había dicho Ruri, no dejó de haber destrucción.

… Pronto, después de que los invasores entraran en la ciudad, por orden de la gobernadora y los jefes militares, se dirigieron a la corte del gobernador local.

El gobernador del Reino Lunar, al ver la fortaleza de sus enemigos, consultó rápidamente a sus consejeros. Y decidieron que sería más fácil comprar a los invasores a cambio de que abandonaran el Reino Lunar.

Se produjeron unas negociaciones bastante civilizadas entre el gobernador del Reino Lunar y Ori. Los monarcas hablaron entre ellos en el protoleguaje de los clanes del río Celestial, que ambos conocían perfectamente bien. Ori, al ser la hija de una familia aristocrática, conocía muy bien el protoleguaje y sabía escribirlo y leerlo.

… Como consecuencia de las negociaciones, el gobernador del Reino Lunar aceptó entregar oro, plata, joyas, seda y esclavos como rescate. A cambio, Ori tendría que sacar su ejército del reino.

Quedó bastante satisfecha con la cantidad del «rescate». Sus soldados pronto recibieron una parte de su botín de guerra. Por supuesto, Ori recibió la mayor parte de las joyas, el oro y las esclavas jóvenes como doncellas.

No olvidó a su fiel adivina, la señora Ruri. Ella también obtuvo joyas y piezas de ricas telas. Aunque la mujer era en realidad el espíritu encarnado del lapislázuli, eso no significaba que no le gustaran los bellos vestidos y la joyería.

El consejero Eichi, que acompañaba a su señora en la campaña militar, también obtuvo una buena recompensa. Por supuesto, le agradó la cantidad oro y plata recibida, pero estaba aun más contento por que la campaña hubiera tenido tanto éxito.

«Parece que era verdad que la Diosa Guardiana estaba de nuestro lado», pensó. Y entonces el hombre finalmente decidió que la Diosa Guardiana favorecía a Ori.

… Después de recaudar el «tributo» del Reino Lunar, Ori y sus tropas embarcaron enseguida en sus naves y navegaron de vuelta al archipiélago.

***

Los barcos ya estaban navegando hacia sus orillas nativas con un rico botín. Ori, a pesar de su embarazo, se sentía bien, gracias a los esfuerzos del curandero y sus infusiones verbales.

Ruri también estaba impaciente por volver a casa. Los espíritus y las criaturas sobrenaturales, como la gente, tenían sus apegos, incluyendo ciertos lugares.

Abrumada por la impaciencia por ver su isla nativa, la adivina subió a la cubierta del barco. Ori también estaba allí. La gobernadora estaba segura: ahora su posición política se había reforzado por fin y había conseguido un botín que costeaba sobradamente el gasto en preparativos para la campaña militar.

Ruri saludó formalmente a la gobernadora y se fue a un lado del barco a ver el agua serena, que reflejaba milagrosamente el cielo. «Azul en el agua y azul en el cielo. Qué encanto», pensó la adivina.

Ori planteó a la adivina una pregunta que la asediaba:

—Ruri, ¿y si pierdes tu colgante? ¿Qué te pasaría? Después de todo, según entiendo, es una parte importante de tu esencia.

—No me pasaría nada terrible, pero mis poderes espirituales y mágicos se verían limitados —dijo suspirando su interlocutora como respuesta—. Seguiría siendo capaz de predecir cualquier futuro salvo el mío. Pero el resto de la magia me estaría prácticamente vedada. Solo podría invocar a espíritus pequeños y trasladarme instantáneamente a algún lugar cerca del santuario subterráneo donde se encuentra el lapislázuli sagrado del que nací. Pero nada más. ¡Ni siquiera podría ir al mundo del espíritu! —La gobernadora no supo qué decir. Pero la propia Ruri añadió—: Tal vez ese sea mi destino: en el futuro, puedo perder mis poderes. Y, si lo desea el cielo, perderé mi colgante.

Ori fue de nuevo incapaz de encontrar una respuesta.

***

Ori volvió a su capital tras la campaña contra el Reino Lunar con un rico botín. Nadie dudó nunca más de que la misma Diosa Guardiana de esas tierras favorecía a la gobernadora.

La gobernadora repuso su bastante empobrecido tesoro gracias al oro recibido en el Reino Lunar.

A su debido tiempo, la gobernadora tuvo un hijo, un príncipe. De acuerdo con las leyes, hasta que llegara a la mayoría de edad, su madre, Ori, debía ocupar el cargo de regente.

Ori gobernó efectivamente el país hasta la mayoría de edad de su hijo. Mantuvo firmemente el poder en sus manos y su reinado fue sabio. Luego se convirtió en consejera de su hijo.

Todo este tiempo, su fiel adivina, la señora Ruri, estuvo a su lado. Todos en la corte vieron que Ruri no envejecía y no cambiaba en absoluto. Ruri explicaba esto diciendo que mantener la juventud era una habilidad propia de las mujeres de su familia, que habían heredado de los antepasados lejanos de su clan Celestial. Pero seguía habiendo rumores en la corte de que era en realidad un ser sobrenatural.

Y el consejero Eichi, de quien había engendrado realmente su hijo la gobernadora, murió tres años después de la compaña contra el Reino Lunar por una enfermedad repentina.

***

Ori tenía cien años. La mujer sentía la aproximación de la muerte. Cada día estaba más débil. Cuando la gobernadora se dio cuenta de que había llegado la hora de su muerte, llamó a sus consejeros y a su hijo para despedirse de ellos.

Después de eso, llamó a la señora Ruri a su lado.

—Durante mis largo años de gobierno, me he dado cuenta de una cosa: en mi próxima vida, me gustaría librarme de la vida cortesana —dijo la mujer moribunda—. Por favor, Ruri: ¿cómo será mi próxima vida?

—Perdonadme, mi señora —replicó tristemente la adivina—, pero no veo un futuro tan distante. Sin embargo, algo me dice que vuestra próxima vida será mucho más tranquila que la actual.

—Bien —dijo Ori sonriendo. Hizo una pausa antes de continuar—. Ruri, estoy contenta de que hayas estado conmigo durante tantos años. Durante este tiempo, te has convertido en mi verdadera amiga y consejera. Espero que nos volvamos a ver después de mi renacimiento.

—Así será, si es la voluntad de los cielos, señora —respondió la adivina.

Ori cerró pacíficamente sus ojos y exhaló su último aliento.

***

Ori fue enterrada de acuerdo con todas las normas en una tumba especialmente preparada. Se registraron los hechos de su vida en forma de crónica en un papel especial que no se deterioraba con el tiempo (posteriormente se perdió irremediablemente el secreto de la fabricación de este papel).

Con respecto a Ruri, desapareció del palacio sin dejar ningún rastro poco después de la muerte de su señora. Y todos los que conocieron a Ruri la olvidaron misteriosamente.

Después de algunos siglos más, el clan de Ori cayo finalmente en decadencia, incapaz de resistir el ataque del tiempo. Perdieron completamente su conocimiento y longevidad y desaparecieron entre la gente mortal.

Nadie supo entonces que Ruri había caído en un profundo sueño que duraría muchos milenios en el santuario subterráneo, cerca del lapislázuli sagrado. Y nadie supo que después de ocho mil la tumba de Ori sería descubierta por otro clan Celestial, que también había llegado al archipiélago desde el río Celestial. Y entonces la historia de Ori volvió a cobrar vida. Y la señora Ruri, que había estado durmiendo durante siglos en el santuario subterráneo, finalmente despertaría para buscar el renacimiento de su apreciada señora.

Más tarde aún, después de muchos siglos, se repetiría una historia similar. La valerosa emperatriz del país de Yamato, que pasaría a la historia con el nombre de Jingū, mientras estaba embarazada lideraría a su ejército contra el reino coreano de Silla. El gobernador de Silla sufriría el poder de la flota de la emperatriz Jingū y decidiría entregar todos sus tesoros para evitar la ruina de su estado.

La legendaria Jingū haría todo esto por sí misma, sin la ayuda del espíritu del lapislázuli, la señora Ruri. Pero Ruri vería a Jingū desde la barrera, advirtiendo amargamente que, aunque la emperatriz se parecía a su señora, no lo era. Y, por tanto, la búsqueda de una nueva encarnación de la señora Ori, así como de la fuente de su poder, el lapislázuli cilíndrico, le llevaría muchos siglos.

Continuará...

El sistema japonés de división del día

La hora de la rata – 23:00 – 1:00 (de las 11 de la noche a la 1 de la madrugada)

La hora del buey – 1:00 – 3:00 (de la 1 a las 3 de la madrugada)

La hora del tigre – 3:00 – 5:00 (de las 3 a las 5 de la madrugada)

La hora del conejo – 5:00 – 7:00 (de las 5 de la madrugada a las 7 de la mañana)

La hora del dragón – 7:00 – 9:00 (de las 7 a las 9 de la mañana)

La hora de la serpiente – 9:00 – 11:00 (de las 9 a las 11 de la mañana)

La hora del caballo – 11:00 – 13:00 (de las 11 de la mañana a la 1 de la tarde)

La hora de la cabra– 13:00 – 15:00 (de la 1 a las 3 de la tarde)

La hora del mono – 15:00 – 17:00 (de las 3 a las 5 de la tarde)

La hora del gallo – 17:00 – 19:00 (de las 5 a las 7 de la tarde)

La hora del perro – 19:00 – 21:00 (de las 7 de la tarde a las 9 de la noche)

La hora del cerdo – 21:00 – 23:00 (de las 9 a las 11 de la noche)

Editorial Tektime

www.tektime.it